I0591613

Veröffentlicht von
DREAMSPINNER PRESS

5032 Capital Circle SW, Suite 2, PMB# 279, Tallahassee, FL 32305-7886 USA
www.dreamspinnerpress.com

Dies ist eine erfundene Geschichte. Namen, Figuren, Plätze, und Vorfälle entstammen entweder der Fantasie des Autors oder werden fiktiv verwendet. Ähnlichkeiten mit lebenden oder verstorbenen Personen, Firmen, Ereignissen oder Schauplätzen sind vollkommen zufällig.

Deutsche ISBN. 978-1-64405-952-4
Deutsche eBook Ausgabe. 978-1-62380-799-3
Deutsche Erstausgabe. Juni 2014
Deutsche Buchausgabe. Juni 2021
v 1.0

Gedruckt in den Vereinigten Staaten von Amerika.

# Auf den zweiten Blick

ERIC ARVIN

Für Miranda, Maxie, Jack und Mugsy,
die mir erlaubt haben, ihr wundervolles Zuhause als einen
Schauplatz für dieses Buch zu verwenden.

# 1

ICH WAR eindeutig in einem Klischee gefangen.

Jeder hat schon einmal diese Art von Filme gesehen – für gewöhnlich eine romantische Highschool- oder Collegekomödie – wo eine charmante Figur, mittels sanfter Beleuchtung und passender Musik, in die Handlung eingeführt wird. Dieser Charakter bringt alle anderen um den Verstand. Er betritt die Bücherei oder Cafeteria, die Musik setzt ein und alle sind völlig überrumpelt, geradezu erschlagen von seiner gottgleichen Natur. Das Leben, wie wir es vor dieser himmlischen Begegnung kannten, wird nicht mehr so sein wie es war.

Was wir als Zuschauer solcher Filme nicht sofort erkennen, ist der Ärger, der dieser Schönheit folgen wird. Und es *muss* Ärger geben, denn sonst gäbe es keine Geschichte, kein Leben, keinen Kartenverkauf an den Kinokassen. Durch welche völlig verdrehten, wenn nicht unglaublichen Situationen muss sich der Held kämpfen, damit er die Frau oder den Mann seiner Träume für sich gewinnt? Wird es die Mühe wert sein? Genau das macht einen Film aus: der Wert. Wenn der Film einen Wert hat, können wir alles verzeihen, egal wie viele peinliche Niederlagen, viel zu oft benutzte „witzige" Bemerkungen oder Witze über Blähungen durchgekaut wurden. Wenn wir am Ende mit den klischeebeladenen und gekünstelten Figuren mitfühlen können, dann vergeben wir jede fadenscheinige Handlung. Es geht uns schlussendlich um eine schöne Zeit, denn niemand erwartet eine inspirierende, romantische Komödie, die Leben verändert.

Ich heiße Logan Brandish und mit so einem Namen war ich wohl dazu bestimmt ein Schriftsteller zu sein. Ich bin sogar ziemlich erfolgreich. Was als eine zweifelhafte Berufswahl begann, war nun mehr als ausreichend für ein gutes finanzielles Polster. Auch wenn meine Verkäufe einmal abnehmen, bin ich noch immer erfolgreich genug, dass mein Verleger Hillside Books mir meine Mahlzeiten in vornehmen Hotelrestaurants bezahlt. Vor allem, wenn sie wollen, dass ich meinen neuen Lektor treffe.

Und nun, da wir die Einleitung hinter uns gebracht haben, beginnt meine Geschichte.

Um ganz ehrlich zu sein: Ich war dabei mich vollzustopfen. Mein neuer Lektor war noch immer nicht aufgetaucht, sodass ich mich schon durch die halbe Speisekarte gearbeitet hatte und mein zweiter Long Island Eistee vor mir stand. Eigentlich bin ich ein attraktiver Mann – kurz geschnittenes braunes Haar, ein nettes, offenes Lächeln und ein trainierter Körper - dass ich mich gerade mit Essen vollstopfte war da sicher weniger ansprechend. Zu meiner Verteidigung muss gesagt sein, dass alle dreizehn Teller schön aufgereiht auf dem Tisch standen. Wenn es um Ordnung und Konformität geht, bin ich kleinlich.

Normalerweise würde ich vor einem Treffen mit einem neuen Lektor meine Notizen zum neuen Projekt noch einmal durchsehen. Dieses Mal gab es keine. Ich hatte sie in einem Anfall von Wut und Selbstzweifel zerstört. Alles, was von den Notizen übrig geblieben war, war ein einzelnes Stück Papier. Ein kleiner Zettel, an der rechten Seite war ein Klecks Krabbencocktailsauce, der vor mir auf dem Tisch lag. Aber, wen kümmerte das schon.

Meine Verleger bei Hillside Books hatten wohl aus genau diesem Grund beschlossen, mir einen neuen Lektor zur Seite zu stellen. Sie hatten bemerkt, dass ich Probleme hatte und dachten, dass mir ein Wechsel vielleicht helfen könnte. In genau diesem Punkt sind Lektoren fast etwas militärisch veranlagt. Das würde in den nächsten Wochen und Monaten noch zu größeren Kämpfen führen. Höchstwahrscheinlich war die Absicht des Verlages, mich und den Lektor, einen gewissen Mr. Brock Kimble, in ein schickes Restaurant zu setzen, darin begründet, dass sie hofften, dass es nicht gleich, wie bei seinem Vorgänger, in einen Zweikampf ausarten würde. Vor allem, da wir nicht allein sein würden.

Mal ehrlich, ich war nicht der Typ, der sich in aller Öffentlichkeit aufregen würde. Dahingehend hatten meine Verleger richtig gedacht. Ich würde keine Tische umwerfen oder Teller auf den Kristallluster werfen, auch wenn der Gedanke sehr verlockend war. Ich war einer der netten Typen. Ich würde den Wein nicht in die Fontäne schütten oder eine vorbeikommende Kellnerin schlagen, nur weil sie zu nahe an mir vorbeiging. Dennoch hatte ich beschlossen, dass ich nicht so einfach zu beruhigen sein würde. Ja, ich würde das Gratisessen annehmen, ebenso den Wein, der als Bestechung dienen sollte, aber ich wollte verdammt sein, wenn ich Mr. Kimble auch nur ein Lächeln schenken würde. Meine Geduld war bereits deutlich zu lange strapaziert worden. In etwa wie das Kool-Aid Shirt, das ich seit der Highschool besaß und einfach nicht wegwerfen wollte. Einfach nur überstrapaziert.

Nein, Mr. Kimble würde sich mit meinen kurzen und abweisenden Antworten zufriedengeben müssen. Ich war stolz auf mich, dass ich mich dafür entschieden hatte. Wie ein Skript, war alles vor meinem inneren Auge ausgelegt.

Gerade als ich einen Hähnchenflügel aß, passierte es oder besser *er*. Mein persönlicher klischeebeladener Moment.

Ein unglaublich attraktiver Mann (wobei das eine glatte Untertreibung war) betrat das Restaurant. Ich hätte schwören können, dass es im ganzen Raum still wurde und sich ihm alle zuwandten. Er trug einen dunklen Anzug, der seine schmalen Hüften perfekt zur Geltung brachte. Seine Schultern waren breit und sein Gesicht erst! Es war perfekt proportioniert, ich hätte es sofort zeichnen wollen. Seine Haare und Augen waren dunkel. Er war einfach so schön, dass ich heftig zu würgen begann. Erst dann realisierte ich, dass der Hähnchenflügen noch immer halb in meiner Kehle steckte – wie konnte ich auch so blöd sein? Ich spuckte das Stück aus, gerade als sein Blick auf mir lag. Das Stück Hühnerfleisch landete viel zu laut auf dem Teller. Mein Gesicht brannte förmlich, als die Hitze in meine

Wangen stieg und meine Ohren waren vermutlich auch nicht von der peinlichen Röte verschont geblieben.

Fast wie im Wahn begann ich zu beten, dass er nicht der Mann war, wegen dem ich hier saß. *Bitte, lass es nicht ihn sein. Bitte, bitte, bitte, lass es nicht ihn sein.*

Aber genau dieser Mann war mein neuer Lektor. Nur wenige Momente später stand er vor mir, mit einem Grinsen im Gesicht. Er besah sich meinen Tisch und das Missgeschick, das mir passiert war. „Wie ich sehe, waren Sie fleißig. Oh, und niedliche Ohren."

Als ich seine ausgestreckte Hand ergreifen wollte, keuchte und würgte ich leicht. Ein kleiner Rest Hühnerfleisch flog aus meinem Mund und auf den Tisch – nahe seines Schritts. Damit war die Blamage perfekt.

„Entschuldigung." Ich nahm schnell einen kleinen Schluck Wasser. Die Menschen um uns herum sahen mich bereits missbilligend an, als wäre es der Gipfel der Unhöflichkeit fast zu ersticken.

„Machen Sie sich darüber keine Gedanken." Er lächelte mir zu und setzte sich. Seinen Aktenkoffer legte er auf den Sitz neben sich. „Ich wurde schon mit schlimmeren Dingen beworfen. Ich bin Brock Kimble."

„Logan Brandish. Ich schätze, das wussten Sie bereits, sonst hätten Sie mich nicht so leicht gefunden. Ich wünschte, ich hätte ein Foto von Ihnen gehabt." Ich verzog das Gesicht. Das klang ganz anders, als ich es eigentlich gemeint hatte. Andererseits lag es sehr nahe an der Wahrheit. Verdammt, war er attraktiv!

„Es wäre mir auch sonst nicht schwer gefallen, Sie zu finden. Alle Schriftsteller sehen introvertiert aus und als wären sie mit einem Minderwertigkeitskomplex gezeichnet."

Wie bitte?

Ich kann nur vermuten, wie ich ausgesehen haben muss, als ich mit ihm an diesem Tisch saß. Wie andere mich gesehen hatten. Er tat alles mit Stil, selbst als er sich nur einen Drink bestellte. Jede Bewegung war elegant und flüssig. Er war Henry Higgins, ich war nicht einmal Eliza Doolittle. Ich war Nell, der noch immer kleine Stücke Hühnerfleisch hochwürgte.

„*Sie* sind mein neuer Lektor?" Damit war mein Plan, subtil und distanziert zu sein, gescheitert.

Er musste diese Frage und vor allem den Tonfall schon öfters gehört haben. Sein Lächeln schien den ganzen Raum zu erleuchten. „Ich habe als Covermodel für Hillside angefangen. Nachdem ich meine Fähigkeiten unter Beweis gestellt habe…", er beugte sich etwas näher zu mir, sodass ich seinen angenehmen Geruch wahrnehmen konnte, „habe ich mich von einer Position in die nächste hochgearbeitet und dabei habe ich mich in wirklich jeder erdenklichen Stellung befunden. Na, du weißt schon."

Wie bitte?

Seine Augen funkelten, als er verschmitzt lächelte. „Ich glaube, es ist wichtig, ehrlich zu sein. Das sollten Sie über mich wissen, Mr. Brandish – oder lieber Logan? Ich werde Sie Logan nennen. In den nächsten Wochen werde ich Sie mit meiner Kritik verletzen, aber ich werde auch da sein, um Sie wieder aufzubauen. Wir werden Sie schon wieder auf Trab bringen. Ich werde wie Henry der V. sein, der Sie zum Sieg führt… oder so ähnlich. Ich bin mir nicht sicher, ob er für etwas anderes berühmt war, außer dass er von Kenneth Brannagh gespielt wurde. Also, was können Sie mir zeigen?"

„Nun … I-Ich habe Probleme …"

Er breitete seine Arme aus. „Das ist der Grund, weswegen ich hier bin. Können Sie zumindest *irgendetwas* vorweisen?"

Meine Finger bewegten sich langsam auf das Stück Papier zu, das auf dem Tisch lag. Er kam mir zuvor und las den einzigen Satz:

*„Die Trireme wogte durch die offene See."*

Er starrte das Papier eine Zeit lang an und wandte es dann um, wohl in Erwartung noch etwas auf der Rückseite zu finden.

„Ist das alles?"

„Nun, es gab mehr …"

„Mehr vom Gleichen oder etwas Besseres?"

Ich wusste nicht, was ich daraufhin antworten sollte. Seit ich meine Notizen zerrissen hatte, war ich nicht über den ersten Satz hinausgekommen. Ich hatte fünfzehn Varianten ein und desselben Satzes (*Es war einmal eine Trireme aus Kent. Trireme Irene hatte siebzehn Kinder. Triremen sind große Schiffe, die nur mit Muskelkraft angetrieben werden. Alle Mann an Bord!).* Der erste Satz setzt alles in Bewegung. Er ist gewissermaßen der Startknopf für jedes Manuskript. Unglücklicherweise war es unglaublich schwer für mich, diesen einen ersten Satz zu finden.

Ich zuckte die Schultern und verzog den Mund zu einem leichten Lächeln. Das half mir manchmal Schwierigkeiten zu vermeiden. Ich sah so typisch amerikanisch aus, dass die Leute immer für mich zu singen schienen, wenn die Nationalhymne einmal bei einer Liveübertragung eines Baseballspiels gespielt wurde.

„Nun gut... Es ist ein Anfang." Er reichte mir den Zettel. „Kennen Sie sich mit Galeeren aus?"

„Nein."

„Na, dann wissen Sie ja, worüber Sie recherchieren müssen." Er lehnte sich nach vorne, nur um mit dröhnender Stimme mitzuteilen: „Denn ich hab' auch nicht vor, mich mit dem Zeug herumzuschlagen. Verstanden, Schätzchen?"

Er war wirklich albern. Albern und umwerfend.

Ein attraktiver, junger Kellner brachte Mr. Kimble sein Getränk und ich bemerkte den langen Augenkontakt, den die beiden hielten. Das war der Moment, in dem mein Magen in die Kniekehlen sank und sich zugleich alles in mir zusammenzog. Da saß ein gut aussehender, schwuler Mann und ich hatte mir bereits jegliche Chancen verbaut. Verdammt, er hatte sogar gesagt, dass ich niedliche Ohren hätte. Das Debakel mit dem Hähnchenflügel hatte ihm vermutlich für den Rest seines Lebens den Appetit verdorben. Er bestellte sich wohl auch nichts, da einfach kein Platz mehr auf dem Tisch war.

Der Kellner warf mir einen gelangweilten Blick zu und fragte, ob ich noch etwas brauchen würde.

*Geh endlich. Geh einfach weg.*

„Ich habe Ihren Blog gelesen. Sehr unterhaltsam und schlagfertig."

„Nun, ich bin kein Noel Coward."

„Hab' noch nie von ihm gehört. Ist auch ein sehr unglücklicher Name. Wegen Ihres Blogs... Wie gesagt, sehr unterhaltsam, aber ich würde die Links zu den etwas anzüglicheren Seiten noch einmal überdenken. Sie wissen schon, die Porno-Blogs und nackten Männer."

*Wie konnte er es wagen...!*

„Der Schwerpunkt sollte auf Ihnen liegen. Wir wollen nicht, dass jemand von all den Bildern abgelenkt wird. Wir wollen, dass die Leute eine Weile bleiben und nicht sofort auf das erste Bild klicken, das einen schönen Hintern zeigt." Fast zeitgleich ging der Kellner an unserem Tisch vorbei und Mr. Kimble konnte nicht anders, als dem jungen Mann einen Moment hinterherzuschauen.

„Es ist mein Blog. Es ist wie ein Tagebuch für mich. Ich poste das, was mich interessiert."

„Ich verstehe und ich weiß auch, was ein Blog ist. Dennoch, das würde Gott nicht gefallen."

Mir klappte der Unterkiefer herunter.

„War nur ein Scherz." Und was für ein sündhaftes Grinsen...

Er sah sich im Restaurant um, auf der Suche nach dem süßen Kellner – genau jenem Kellner, dem ich geistig eine Ohrfeige verpasst hatte. „Ich würde es dennoch ernsthaft in Betracht ziehen die Links zu entfernen."

„Sind wir hier fertig?" Ich bemühte mich, genervt zu klingen.

„Natürlich. Soll ich Ihnen helfen, sich ein wenig zurechtzumachen?"

*„Nein danke, ich verzichte!* Ich kann Sie nicht leiden, Mr. Kimble."

„Gut, wenn das so ist, müssen Sie ja nicht mehr darauf achten, wie Sie auf mich wirken."

Ich erstarrte. Wie konnte er das wissen? Wie konnte er wissen, dass ich mich völlig verunsichert fühlte?

Sein Blick traf den des Kellners. „Ich habe noch ein Meeting und Sie müssen Ihre Hausaufgaben erledigen."

Ich saß noch eine ganze Weile da, während ich versuchte meinen Agenten zu ignorieren, der mit dem Kellner das Restaurant verließ. In meiner Fantasie trat ich wieder in Aktion, um den Kellner eines auszuwischen. Er würde gefeuert werden, weil er mit einem Kunden geflirtet und versucht hatte, mir meinen Mann zu stehlen.

Mr. Kimble und ich würden eine Suite kaufen und dann immer wieder übereinander herfallen. Das Liebesleben in meiner Fantasie war immer so aufregend – nur leider konnte die Realität niemals mithalten. Küsse konnten nie so süß werden und das Limit war viel zu schnell erreicht.

ICH LEBTE in einem großen viktorianischen Haus in der kleinen Stadt Adbury, zusammen mit meiner besten Freundin Janey Caster. Wir hatten uns auf dem College getroffen und standen uns schon bald sehr nahe. Die Bedürfnisse des jeweils anderen, hatten wir uns schnell zunutze gemacht. Die Nachbarschaft, in der wir lebten, war ziemlich nett. Sie war etwas vornehmer, aber nicht versnobt und es gab nicht viele Kinder. Wir hatten einen Garten an der Rückseite des Hauses, welchen wir am Leben zu erhalten versuchten. Über einen niedrigen, weißen Gartenzaun tauschten wir Gärtnertipps mit der resoluten älteren Nachbarin, einer Mrs. Grace Allenson, aus. Sie war eine nette, alte Dame, wenn auch ein wenig neugierig. Manchmal konnte sie ein wenig wie Margaret Rutherford sein. Janey und ich hatten eine Perser-Mix-Katze namens Feed the Cat. Wir hatten uns für unglaublich clever gehalten, als wir ihr den Namen gegeben hatten. Janey war zu diesem Zeitpunkt betrunken gewesen, während ich absolut keine Entschuldigung hatte.

Zu unserer gelegentlichen Freude schien unsere Straße, die East Second Street, im Zentrum eines territorialen Zweikampfes zwischen den Mormonen und den Zeugen Jehovas zu stehen. Das mit anzusehen war lächerlich, manchmal befremdlich, aber auch symbolisch. Es kam durchaus vor, dass sich jeweils eine Gruppe der zwei Glaubensrichtungen auf der Straße gegenüberstanden. Mrs. Allenson beobachtete sie immer, als würde sie einem Preisboxkampf zusehen.

Einmal als wir am Zaun standen, meinte sie: „Schaut euch nur an, wie die sich belauern. Glaubt ihr, wir können einmal eine richtige Auseinandersetzung zwischen ihnen beobachten?"

Es stimmte schon; so weit hergeholt es auch klingen mochte. Ich erwartete manchmal, dass sie plötzlich zu singen und mit den Fingern zu schnipsen beginnen würden. Vielleicht wie in einer abgelehnten Version der *West Side Story*.

Ich betrat das Haus und fand Janey genau dort, wo ich sie erwartet hatte. Sie saß auf der Couch am Fenster, von wo aus sie eine Gruppe Mormonen beobachtete, die an Türen klopften. Feed hatte sich neben ihr zusammengerollt, in einem Flecken Sonne, der sich an den Ästen des Baumes vorbeigestohlen hatte. Janey trug ihre blaue Lieblingsshorts und ein schmal geschnittenes weißes T-Shirt. Ihre schulterlangen, kastanienbraunen Haare waren in einen nachlässigen Pferdeschwanz hochgebunden und sie hielt ein halb gegessenes Snickers in der Hand, als wäre es ihr Glücksbringer. Sie liebte Snickers, während Milky Way sie zum Würgen brachte – warum auch immer das so sein mochte.

„Hey Baby", begrüßte sie mich, wandte ihren Blick jedoch nicht von den Mormonen ab. „Ich glaube es einfach nicht. Sie haben unser Haus übersprungen, schon wieder! Warum machen sie das?"

„Mir macht das ehrlich gesagt nichts aus." Ich seufzte, als hätte ich den ganzen Tag unermüdlich geschuftet.

„Nun, mir macht es etwas aus. Seit wir eingezogen sind, sind weder die Mormonen noch die Zeugen Jehovas bei uns vorbeigekommen. Warum, zum Teufel, eigentlich nicht? Wir sind genauso mit Sünde beladen wie alle anderen auch. Warum versuchen sie nicht mich zu bekehren? Ich fühle mich angegriffen." Sie biss auf dem Schokoriegel herum, als wäre dieser für alles verantwortlich.

„Dann sag es ihnen doch. Du müsstest dir dann eben etwas anderes anziehen. Raus aus deinen gemütlichen Klamotten und rein in etwas Präsentableres."

„Ich gebe ihnen noch etwas Zeit. Vielleicht ist das nur Vorbereitung. Vielleicht bin ich ja so sündig, dass sie begriffen haben, dass sie hier mit vollem Einsatz dabei sein müssen."

„Ja, ich glaube auch, dass das der Grund ist." Ich ließ mich auf die Couch fallen, was mir von Feed einen sehr genervten Blick einhandelte.

9

Janey war nicht der Typ Mensch, der ignoriert wurde. Wenn sie etwas wollte, dann bekam sie es normalerweise auch. Ein Jahr zuvor hatte sie herausgefunden, dass ein Filmstar der Dreißigerjahre in einem der Häuser in unserer Straße aufgewachsen war. Janey hatte die Historical Society so lange terrorisiert, bis diese endlich das Geld herausgerückt hatte, um das Haus zu restaurieren. Ihre Begründung für die Notwendigkeit der Restauration war, dass es sich um eine großartige Sehenswürdigkeit handeln würde. Filmliebhaber würden das Haus sicherlich besichtigen wollen. „Sie war für fünf Oscars nominiert! Und für wie viele sind *Sie* bitte nominiert?" Genau diese Worte hatte sie der Vorsitzenden an den Kopf geworfen. Die Vorsitzende, Della, war eine überhebliche, stark religiöse Anwältin. Della hatte schließlich nachgegeben, aber nicht bevor Janey in der Lokalzeitung über sie hergezogen war und sie als die ‚Anwältin der Firma Jesus, Maria & Josef' tituliert hatte.

„Wie ist dein Treffen gelaufen?" Ihre großen, grünen Augen waren auf mich fixiert. Sie hatte ein schmales Gesicht, welches man einfach nur schön finden konnte – aber es verbarg auch eine manipulierende Natur.

„Ich mag ihn nicht. Er ist zwar attraktiv, aber ich kann ihn trotzdem nicht leiden."

„So geht es mir mit den Mormonen. Sie sind schön anzusehen, aber ich mag sie trotzdem nicht."

Tatsache war jedoch, dass ich einiges dafür gegeben hätte, um mit Mr. Brock Kimble das Restaurant zu verlassen. Nur an ihn zu denken, an diesen Körper, der unter diesem Anzug verborgen war… Eine Beule machte sich in meinen Khakis bemerkbar und ich konnte den abschätzigen Blick von Feed auf mir spüren.

„Curtis ist auf dem Weg hierher." Ich erhob mich von der Couch. „Sag ihm, dass ich oben bin."

„Werde ich machen. Ich will nicht, dass er hier mit mir sitzt, während ich jemanden beobachte. Er würde mir die Laune verderben."

„So übel ist er nicht, Janey."

„Logan, Schätzchen, dein Freund verursacht mir Kopfschmerzen." Sie setzte sich ordentlich auf der Couch auf und sah mich an. „Letzte Woche hat er mich in der Küche in eine Ecke gedrängt und mir einen unglaublich spannenden Vortrag über Pappkarton gehalten."

Genau. Ich ging mit jemandem aus, der Schachteln herstellte. Es war genauso spannend, wie es klang. Wir hatten uns kennengelernt, als ich eine spezielle Schachtel gebraucht hatte, weil ich zehn signierte Exemplare eines meiner Bücher an meine Mutter Lucille hatte senden wollen. Jeder aus ihrem Freundeskreis hatte eine signierte Ausgabe verlangt; ob sie sich daran erinnert hatte, diese auch weiterzugeben war eine ganz andere Geschichte. Jedenfalls war Curtis an diesem Tag im Geschäft gewesen, um mir zu helfen. So hatte unsere recht verstrickte Beziehung begonnen.

„Er ist ein ganz Süßer." Ich wandte mich der Treppe zu.

Curtis Little, der kleine König des großen Schachtelgeschäftes. Das war alles, was ich über ihn wusste. Selbst meine Einkäufe im Geschäft waren nur noch eine verschwommene Erinnerung. Nun, wen kümmerten Schachteln eigentlich? Ich erinnerte mich immer wieder daran, dass er ein wirklich süßer Mann war. Und das musste doch etwas zählen. Außerdem war es besser süß als grob, so wie Mr. Brock Kimble, zu sein. Bei dem Gedanken musste ich meine Hose etwas zurechtzupfen, als ich mein Zimmer betrat.

Mein Schlafzimmer war von mir neu eingerichtet worden. Ursprünglich war es ein Arbeitszimmer mit einer kleinen Bibliothek gewesen und ich hatte zumindest versucht, es nicht mehr so gewaltig und massiv aussehen zu lassen. Es war nicht einfach, einen großen Raum gemütlich erscheinen zu lassen. Das Zimmer hatte eine hohe Decke, zwei große Fenster und Zierleisten. Den Fenstern gegenüber, in der Ecke, standen zwei Bücherregale aus dunkler Eiche. Es war, als würden sie einen mit offenen Armen zum Lesen einladen. Sie waren voll mit Büchern, Notizen und allem, was ich sonst nirgendwo wirklich unterbringen konnte. Alles war fein säuberlich aufgereiht und leicht zu finden. Die Bücher waren alphabetisch nach ihren Autoren sortiert, die CDs nach den Namen der Künstler. Daneben war mein Schreibtisch, wo ich immer an meinem Laptop schrieb. In der anderen Ecke des Zimmers stand mein Bett, eines der alten Sorte, das ein wenig wie ein Schlitten aussah. Es war Teil der Einrichtung des Hauses gewesen, als wir es gekauft hatten. Ich versuchte nicht daran zu denken, dass schon jemand vor mir in diesem Bett Sex gehabt hatte. Aber es war ja nicht so, als ob es noch dieselbe Matratze gewesen wäre.

Ich schaltete meinen Laptop ein und spielte mit dem Gedanken, etwas zu schreiben.

Zehn Minuten später stand Curtis in der Tür. Er war, wie üblich, in braun und weiß gekleidet. Er betrat nie ohne zu fragen ein Zimmer und machte sich nie mit einem Husten oder dergleichen bemerkbar. Wenn ich ihn nicht gesehen hätte, wäre er wohl noch zehn weitere Minuten völlig bewegungslos dagestanden. Curtis verschmolz fast mit dem Hintergrund. Möglicherweise hatte er etwas gesagt, um meine Aufmerksamkeit zu erregen, aber selbst wenn, hätte ich es vermutlich nicht gehört. Seine Stimme war manchmal so sanft und leise, dass ich sie wohl nicht von der gegenüberliegenden Ecke des Raumes aus gehört hätte.

Er war nett anzusehen. Nicht atemberaubend, aber auch nicht abstoßend. Er war einfach er selbst. Curtis, der immer ein Lächeln im Gesicht hatte und sich ständig die Brille zurechtrückte. Sein Haar war kurz und sehr ordentlich. Er pfiff manchmal ein wenig durch die Nase, wenn er etwas lustig fand. Körperlich gesehen gab es genau eine Eigenschaft, die herausstach. Sein Hintern, welcher schön gerundet war und den er gerne betonte – ohne wirklich zu *wissen*, dass er es tat.

Ich lächelte leicht. „Komm rein, Curtis." Ich bemerkte, dass wir uns oft wie Bekannte ansprachen. Bekannte, nicht einmal Freunde.

„Wie habe ich nur den talentiertesten, schönsten, wundervollsten Mann der gesamten Vereinigten Staaten bekommen?" Er schlenderte in den Raum und gab mir einen Kuss. „Ich habe dir ein paar Schachteln unserer neuen Linie mitgebracht."

Er hielt ein paar kleine, flache Schachteln hoch. Curtis brachte mir immer welche mit, manchmal waren sie sogar knallbunt.

„Sie werden Verkaufshits werden." Ich hatte nie jemanden gesehen, der so glücklich war, wenn er über Karton sprach. Er liebte seinen Job, auch wenn es jedem seltsam erschien. Curtis liebte seine Kartonschachteln.

Ich küsste ihn nochmals, während meine Hand über seinen Rücken bis zu seinem Hintern wanderte. Leicht knetete ich eine der Pobacken. Ich spürte, dass er langsam hart wurde, aber ob es wegen mir oder der Schachteln war, konnte ich nicht sagen. Es hätte mich auch nicht gekümmert. Atemlos sprach Curtis zwischen den Küssen noch immer von der neuen Schachtelkollektion. Woraus sie gefertigt und wie stark sie waren, in welchen Farben sie geliefert wurden. Ich wollte nur noch mit ihm schlafen, aber sein ständiges Gelaber kam dem in die Quere.

„Morgen Abend wird auf PBS eine Dokumentation über die Schachtelherstellung ausgestrahlt. Wir sollten sie zusammen ansehen …"

Ich drängte ihn auf das Bett und zog an den Gummibändern seines Jockstraps. Schon der Gedanke an seinen Hintern ließ mich sabbern. Ich drückte meine Finger in seine Haut, bis sie rot anlief, denn das war es, was ich wollte. Rote, geschundene Haut.

„Au!" Curtis stoppte mich in meinem Eifer. „Schatz, könnten wir etwas sanfter sein? Das hat wehgetan."

Er benutzte tatsächlich dieses vornehme „wir". Für mich klang es wie Fingernägel, die über eine Tafel kratzten.

„Sorry, Süßer." Ich zog seine Hose und seinen Jockstrap herunter, jetzt eher sanft als erregt. Meine Lust war erschüttert worden.

Curtis war erregt, wobei er mich in diesem Bereich noch nie enttäuscht hatte. Und er hatte einen wirklich ansehnlichen Schwanz, der ihm eigentlich ähnlich war. Steif, unnachgiebig und begierig zu helfen. Jetzt hätte nur noch eine Brille gefehlt. Das war genau das Problem mit Curtis. Er schien nicht wirklich zu wissen, wie er seinen Körper einsetzen sollte. Ich war selbst kein Casanova, aber ich hatte wenigstens eine sehr angeregte Fantasie. Und Curtis, nun, er hatte seine geliebten Schachteln.

Dennoch versuchte ich mich noch einmal in Stimmung zu bringen. Ich streichelte sanft Curtis' Penis, leckte leicht und zog ganz sanft an seinen Hoden.

„Au! Baby, was soll das? Bist du sauer auf mich? Können wir es nicht einfach … wie immer tun, ganz normal eben?"

Normal. Ja, sicher. Normal, gefahrlos und einfach. So wie Curtis. Ich lächelte. „Sicher."

Und so machten wir es auch. Genau wie Curtis es gewollt hatte. In meinem Kopf klickte es, doch würde ich das erst viel später bemerken.

Als Curtis an diesem Abend ging, wirkte er völlig zufrieden. Fast schon erwartete ich, dass er mir den Kopf tätscheln und „Gute Arbeit!" sagen würde. Als hätte ich meine Pflicht erfüllt. Ich spülte mir den Mund und holte mir etwas zu trinken. Eine lange Nacht seemännische Recherche erwartete mich.

In meinen Romanen versuchte ich über Sachen zu schreiben, über die ich zumindest ein wenig Bescheid wusste. Dinge wie Colleges, Kleinstädte, Nachbarn und ähnliches. The American Way of Life, zu Beginn dieses gefährlichen Jahrhunderts, auf eine satirische und hoffentlich auch bissige Weise erzählt. Es war nicht meine Absicht gewesen, mich nach dem Collegeabschluss in einer Karriere wiederzufinden, wo ich Stunden über Stunden damit verbrachte, die Berichte anderer Leute über die alten Seefahrer zu lesen. Aber hier war ich, im Dschungel des Internets, durch den ich mich mit meiner imaginären Machete schlug. Als wäre ich E.L. Doctorows langsamer Bruder oder Mary Renaults eifersüchtiger Cousin. Wenn man historische Fiktion schreiben wollte, musste man die historischen Daten kennen. Außer natürlich, man hieß Dan Brown.

Das war jetzt gemein, das weiß ich. Aber, kommt schon, als würde er das hier lesen.

Es gibt eine ganze Menge Material über antike Kriegsschiffe im Internet. Galeeren, Triremen, egal welcher Typus. Ich stöberte auf allen Hauptseiten herum, auf der Suche nach den wertvollsten Informationen. Die Wahrheit ist allerdings, dass es egal ist, wie sehr dich ein Thema anfänglich interessiert, wie sehr du dafür brennst… am Ende ist es doch wieder Arbeit. Immer wieder schweifte ich auf eine Seite ab, die auf Erotika ausgerichtet war. Die antiken Kulturen lieferten guten Stoff für sexuelle Fantasien. Zeit ist die beste aller

Dichterinnen. In diesem Fall hielt die M/M-Literatur mein Interesse viel länger wach, als es eigentlich hätte erlaubt sein sollen. Ich hätte recherchieren sollen und nicht meinen Fantasien über muskelbepackte Sklaven und selbstherrliche Herrscher nachhängen.

Warum hatte ich beschlossen einen historischen Roman zu schreiben, dessen Handlung sich auf Galeeren abspielte? Ich wusste gar nichts über die Antike, außer dem, was mir auf dem History Channel gezeigt worden war. Bei diesem Kanal hatte ich allerdings immer das Gefühl, dass er nicht unbedingt vertrauenswürdig war. Nur, geschichtliche Ereignisse waren in der modernen Welt eine viel größere Muse als irgendein Möchtegern-Halbgott es je sein könnte. Wenn man etwas mit Substanz haben wollte, musste man tiefer graben. Warum hatte ich ein Thema gewählt, das mich zur Recherche zwingen würde?

Dann erinnerte ich mich an den eigentlichen Grund meiner Entscheidung: Es war etwas völlig Neues. Ich wollte versuchen, *meinen Horizont zu erweitern*. Das mochte zwar ganz gut klingen, aber wenn man es dann wirklich anging, gab es so viel zu erweitern, dass man schlicht und einfach zu faul dafür wurde.

Ich prüfte kurz die Zeit. Es war zwei Uhr morgens, weswegen ich beschloss ins Bett zu gehen. Ich speicherte die wenigen Notizen, die ich gesammelt hatte, auf einen USB-Stick und schaltete dann den Laptop aus. Ich lehnte mich im Stuhl zurück und streckte mich ausgiebig. Meine übliche Routine würde ab morgen wieder einmal beginnen. Jeder Tag würde, bis auf kleine Änderungen, gleich ablaufen. Mein Leben drehte sich ganz um Routinen und Listen – Listen, die ich an die Wand geheftet, zusammengefaltet in Büchern gesteckt und auf meinem Laptop gespeichert hatte. Sie beinhalteten Dinge, die ich erledigen musste, sowie Orte, die ich unbedingt noch besuchen wollte und natürlich auch die (halb fertigen) Entwürfe möglicher Bücher. Manchmal fand ich eine Liste, bei der ich mich nicht mehr daran erinnern konnte, sie geschrieben zu haben – oder besser, wofür ich sie überhaupt erstellt hatte. Obwohl ich kein Reisender war, hatte ich viele Reiselisten. Ich behielt jede Liste, ganz egal was sie umfasste. Man könnte mich als jemanden sehen, der seine Listen aufbewahrte wie Hamster ihr Futter.

Meine tägliche Routine war fest in meinem Gehirn verankert und wie eine Liste verfasst.

*Aufwachen (sehr wichtig)*
*Strecken*
*E-Mails prüfen*
*Frühstücken*
*Morgennachrichten ansehen (aber nicht lange genug, dass sie mir den Tag vermiesten)*
*Morgensport (für jeden Tag eine andere Übung)*
*Schreiben bis...*
*Mittagessen*
*Im Netz surfen, größtenteils auf Pornoseiten*
*Herz-Kreislauf-Übungen*
*Schreiben*
*Etwas Fernsehen*
*Abendessen*
*Schreiben*
*Kaffee*
*Onlinechat*
*Fürs Bett fertig machen*
*Selbst befriedigen*

Genau so lief es jeden Tag ab. Es war sicher, es war kontrolliert und es war beruhigend. Ein tiefes Durchatmen. Curtis kam natürlich immer wieder einmal vorbei, aber er passte ganz einfach in diese Routine. Deshalb war er so perfekt für mich. Er harmonierte damit. Hatte ich eigentlich schon erwähnt, dass er sich gut einfügen konnte?

Dennoch, gerade in dieser Nacht, als ich alleine im Bett lag (Curtis übernachtete sehr selten bei mir), fragte ich mich, wie mein Leben anders hätte verlaufen können. An einem anderen Ort, umgeben von anderen Leuten – vielleicht mit jemandem wie Mr. Kimble, in seinem maßgeschneiderten Anzug. Vielleicht an einem Ort, an dem ich noch nie zuvor gewesen war...

# 2

BROCKKIMBLE: BIST du da?

LoganBrand: Ja, ich bin online. Was gibt's?

Brockkimble: Wir müssen dein Buch schwuler gestalten.

LoganBrand: Was?

Brockkimble: Du hast mich schon richtig verstanden. Wir müssen mehr Homosexualität hineinbringen. Wir stehen noch am Anfang, also haben wir genug Zeit, um das hinzubekommen.

LoganBrand: Was sollen wir hinbekommen?

Brockkimble: Ein paar der Ideen und Notizen, die du mir geschickt hast… Sagen wir, sie sind ganz nett, wenn du das Skript für einen Film über beste Freunde schreiben willst. Deine Protagonisten sind aber nicht Butch und Sundance. Diese Männer sind ineinander verliebt und nicht nur beste Freunde auf ewig. Nimm etwas aus der modernen Schwulenkultur und transportiere es in diese Zeit.

LoganBrand: Ich will ehrlich sein, ich bin nicht allzu vertraut mit dem, was die Schwulenkultur anbietet. Ich habe nicht wirklich viel ausprobiert.

Brockkimble: Beispielsweise?

LoganBrand: Nun, ich war noch nie in einer Drag-Show.

Brockkimble: Noch NIE?!

LoganBrand: Hey, schrei mich nicht an! Ja, noch nie.

Brockkimble: Und was ist mit Tanzen? Gehst du wenigstens ab und zu zum Tanzen aus?

LoganBrand: Natürlich nicht. Warum sollte ich das tun?

Brockkimble: Du bist doch schwul, oder?

LoganBrand: Nicht jeder schwule Mann muss jedes einzelne Klischee erfüllen. Nicht nur ich bin völlig zufrieden damit samstagabends zu Hause zu bleiben.

Brockkimble: Du lügst doch!

LoganBrand: Es ist die Wahrheit.

Brockkimble: Ich kann das nicht glauben und ich werde es auch nicht!

LoganBrand: Ich… rolle gerade mit den Augen.

Brockkimble: Als nächstes willst du mir noch erzählen, dass du keine CD von Diana Ross besitzt.

LoganBrand: Ach bitte! Wenn ich noch einmal „I'm Coming Out" höre, dann gehe ich zurück *hinein*. Ich bevorzuge Dylan.

Brockkimble: Du bist so ein Langweiler.

LoganBrand: LOL! Ach, vergiss es. Ich soll also „mehr Homosexualität hineinbringen", was auch immer das bedeuten mag. Na fein. Noch etwas, oh mächtiger Lektor?

Brockkimble: Fisting.

LoganBrand: Wie bitte?!

Brockkimble: Fisting. Hast du das schon einmal ausprobiert?

LoganBrand: Natürlich nicht! Warum überhaupt?! Und hast DU es etwa schon einmal probiert?!

Brockkimble: Ich habe es… einmal versucht. Aber ich habe in letzter Minute Panik bekommen. Daher steht es noch auf meiner „To Do" Liste.

LoganBrand: Du bist doch vollkommen verrückt! Es gibt nicht genug Drogen auf der Welt, um das Bedürfnis zu haben, dass ich zu jemandes Handpuppe werde.

Brockkimble: Jetzt beruhige dich doch! Ich habe nicht gefragt, ob du es machen würdest. Ich habe mir nur gedacht, dass das die Art von Sex ist, die zu dem rauen Klima auf der Galeere und auch zu der Anspannung zwischen den Gefangenen passt.

LoganBrand: Eine Menge Fisting in der Antike? Das ist ein wenig heftig.

Brockkimble: Hast du *Caligula – Aufstieg und Fall eines Tyrannen* nicht gesehen? Ich will darauf hinaus, dass du es schmutziger gestalten musst.

LoganBrand: Daher braucht es mehr Schmutz und mehr Homosexualität. Ist meine Leserschaft seit Neuestem mit versauten Perversen besetzt?

Brockkimble: Du hast es erfasst. Also, schock mich, Nutte. Lass mich nur das Schlechteste von dir denken.

LoganBrand: Ich will aber nicht!

Brockkimble: Ach, komm schon! Ich weiß schon gar nicht mehr, wer du eigentlich bist!

LoganBrand: Was?

Brockkimble: Ach nichts. Nur ein Filmzitat. Eine Frage: Wen würdest du eher vögeln wollen? Batman oder Superman?

LoganBrand: Hast du eine Art Tourettesyndrom, dass du immer solche unangemessenen Fragen stellst?

Brockkimble: Ich würde Batman nehmen. Superman hat ja schon all diese Kräfte, da wäre es für mich nur logisch, dass man ihn nicht vögeln kann. Ich will nicht, dass der Schlüssel, bei dem Versuch ihn ins Schloss zu bekommen, abbricht. Wenn du verstehst, was ich meine.

LoganBrand: Und wer weiß schon, ob du deinen „Schlüssel" zurückbekommen würdest, wenn du es schaffen würdest, richtig?

Brockkimble: Jetzt begreifst du es!

LoganBrand: Hab ich denn eine Wahl?


EIN PAAR Wochen später saß ich, in einem von mir ausgesuchtem kleinem Café, meinem Lektor gegenüber. Seit unserem ersten Treffen hatten wir uns fast jeden Tag via Chat unterhalten. Ich hatte noch nie so einen neugierigen Lektor erlebt, wie Brock es war. Trotzdem war ich nicht genervt. Ich genoss es regelrecht, wenn er meine Arbeit mit seiner schonungslosen Kritik und seinen Beobachtungen auseinandernahm. Als er gesagt hatte, dass er mich wieder persönlich treffen wollte, hatte mein Herz zu rasen begonnen.

Es war ein wundervolles Gefühl, jedoch versuchte ich meine Aufregung in meiner E-Mail zu überspielen. Die Nacht vor unserem Treffen oder eher gesagt den ganzen Tag über war ich ein einziges Nervenbündel. Ich beschloss, dass ich eine braune Cordhose und ein passendes Shirt tragen würde. Es war zwar Sommer und daher etwas zu warm für Cord, aber diese Hosen betonten meinen Hintern einfach am besten.

Diesmal vermied ich es, allzu viel zu essen, während wir über mein Manuskript diskutierten. Ein Blaubeergebäck, das Brock für mich bestellt hatte, lag noch auf einem Teller vor mir, doch wenn ich ehrlich war, hätte ich nicht einen Bissen zu mir nehmen können. Neben dem Teegebäck stand noch eine halb leere Tasse viel zu starken Kaffees. Ich war entschlossen einen guten Eindruck zu hinterlassen. Allerdings war mein Magen mit dieser Entscheidung so gar nicht einverstanden und rumorte derart laut, dass ich fast nichts mehr verstand.

„Du solltest etwas essen. Ich bin wegen deines Magens etwas besorgt. Er macht nämlich ganz schön Lärm."

Er grinste und ich errötete. Mit Hunger in den Augen sah ich auf das Gebäck hinab. Ich hätte es in diesem Moment nicht nur essen wollen…

„Komm schon. Iss es." Brock beugte sich näher zu mir. Sein Blick hatte mich eingefangen, als hätte er mich fest in die Arme geschlossen. Ich wollte nachgeben. „Iss alles auf." Er nahm sein eigenes Teegebäck (sein drittes) und biss so gierig hinein, dass es mich fast überraschte, dass das Gebäck nicht aufschrie. Ich hätte es auf jeden Fall getan, wenn er mich so gebissen hätte.

Ich lachte leise, ehe ich das Gebäck nahm und den ersten Bissen genoss. Anders als bei Donuts brauchte es hier nicht übermäßig viel Zucker, damit es gut schmeckte.

„Nun, wegen des Manuskripts …" Brock sah auf die Notizen hinab, die auf dem Tisch ausgebreitet waren. Es war kein besonders ermutigender Blick und in mir zog sich alles zusammen. Etwas langsamer fuhr er fort: „Ich habe gelesen, was du mir geschickt hast. Es ist also eine Komödie? Eine Parodie? Noch dazu auf einem Kriegsschiff?"

Ich fühlte mich geradezu verpflichtet, mich sofort zu verteidigen. „Eine romantische Komödie, ja. Und es ist nicht komplett auf einer Galeere angesiedelt, das ist nur der Ausgangspunkt, der erste Teil sozusagen. Die Charaktere brauchen etwas, worauf sie aufbauen können, eine gemeinsame Erfahrung, die ihre Beziehung stärkt."

„Aha, so ist das. Aber ihre Namen? Cummonus und Ejakulus?"

„Es ist eine Komödie, verdammt!" Ich hatte fast schon geschrien.

„Muss es denn so offensichtlich sein? Ich meine, bist du dir sicher, dass du in der Lage bist diese Ungeheuerlichkeit durch das ganze Buch zu tragen?"

Ich wollte wütend auf ihn sein. *Wer glaubte er eigentlich zu sein?* Mr. Brock Kimble, der vor mir saß und seine Perfektion heraushängen ließ, damit jeder es sehen konnte. Und dennoch... Dieses sanfte Gesicht, seine perfekten Zähne, sein Kinn, das Dr. Pepper Shirt, das sich eng, aber nicht zu eng, um seinen breiten Oberkörper spannte – das alles ließ mich sofort ruhiger werden, auch wenn ich wütend sein wollte. Als er vorhin aufgestanden war, um sich noch etwas zu essen zu holen, hatten die Bewegungen meine Aufmerksamkeit sofort auf seinen Hintern gelenkt, der von seiner ausgeblichenen Jeans perfekt umschmeichelt wurde. Ich wollte von Brocks Lässigkeit verstört sein, meine Aufmerksamkeit war jedoch auf etwas vollkommen anderes gelenkt.

Brock machte sich derweil wieder über meine bisherige Arbeit lustig. „Ich hatte schon fast eine Gesangseinlage erwartet. Aber keine gute. Mehr eine schlechte Mel Brooks Nummer."

Mein Magen knurrte lauter. Es war heftiger als in meiner Kindheit, als mir die Schulhoftyrannen mein Essen weggenommen hatten und ich mich hungernd durch den Schultag gequält hatte.

„Du musst mich nicht anknurren, ich bin nur der Bote." Er zwinkerte mir zu. „Ich versuche das Beste daraus zu machen."

„Man hat mir gesagt, ich hätte einen guten Sinn für Humor."

„Dessen bin ich mir sicher, Noel Coward, aber dafür hat dich Hillside nicht unter Vertrag genommen."

„Ich weiß, ich weiß." Ich rieb mir mit den Handflächen über die Stirn. „Ich finde einfach keinen Zugang. Die Inspiration entzieht sich mir immer wieder."

„Würde es helfen, wenn du in der ersten Person schreiben würdest?"

„Bloß nicht. Ich hasse diese Perspektive." Das war die Wahrheit. Ich hasste es so sehr, dass ich nicht einmal in der Ichform geschrieben hätte, wenn man mich dafür bezahlt hätte.

Brock seufzte leise. „Gut, dann hole ich dir jetzt noch etwas zu essen. Von mir aus ein ganzes Tablett, aber wir werden das hier zusammen lösen. Das Schiff ist eine gute Kulisse, da könntest du dich so richtig austoben. Ich bin mir nur nicht sicher, ob es wirklich als Komödie taugen würde. Du könntest es machen und dann versuchen wir es an den Broadway zu bringen."

Er stand auf und begann mit tiefer, voller Stimme „Proud Mary" zu singen, während er sich mit rudernden Bewegungen auf den Barista zubewegte. Ich musste einfach lachen. Wie hätte ich es nicht gekonnt?

TROTZ DES Gelächters und des Bauches voll mit Kaffee und Gebäck fühlte ich mich erschlagen, als ich von dem Treffen mit Mr. Kimble zurückkehrte. Ich war mir sicher, dass das nicht seine Absicht gewesen war. Was, zum Teufel, gab mir das Recht mich Schriftsteller zu nennen? Wie hatte ich es überhaupt geschafft, Bücher zu verkaufen?

Ich erinnerte mich an meine erste bedeutende Publikation. Ein Memoire, das ich als Ghostwriter für meinen Freund Cliff, einen bekannten Schwulenpornostar, geschrieben hatte. Der Titel des Buches lautete *Deswegen war mein Hintern rasiert?* Es hatte sich gut verkauft und mir geholfen, meinen ersten Vertrag unter meinem Namen zu bekommen. Ich hatte gedacht, dass von da an alles glatt und einfach laufen würde. Aber es gab immer wieder Zeiten, in denen ich auf meine bisherigen Publikationen zurückblickte und mir dachte „Das? Das ist es, was du vorzuweisen hast?"

Ich war noch immer mit Cliff befreundet. Er arbeitet jetzt als Theaterdarsteller und Bodybuilder, aber er dreht keine Pornos mehr.

Ein Weg, wie ich mich immer wieder motivieren konnte, wenn meine Muse einmal faul wurde, war ein Buch einer meiner Lieblingsautoren zu nehmen – egal ob James Purdy, Jeanette Winterson oder Geoff Ryman – es an einer beliebigen Stelle aufzuschlagen und ein paar Absätze zu lesen. Das half meiner Kreativität normalerweise auf die Sprünge. Aber an manchen Tagen war diese Methode mehr Selbstgeißelung als Inspiration. Manchmal konnte mich die Brillanz anderer überhaupt nicht inspirieren, sondern eher hemmen. Diese Wortakrobaten bremsten mich völlig aus. Wie könnte ich denn jemals solche Größe erreichen?

Als ich nach dem Treffen nach Hause kam, war es völlig still. Janey arbeitete als Kindergärtnerin und war deshalb noch nicht zu Hause. Ich fütterte die Katze und ging dann nach oben in mein Schlafzimmer. Bevor ich wieder zurück zu meiner Routine gehen würde, öffnete ich meinen Laptop, um meine E-Mails zu überprüfen. Eine Nachricht war von Mr. Kimble, ansonsten Curtis' täglichen Gruß zum Mittagessen sowie ein paar Meldungen von Facebook und Goodreads. Aber Brocks Name war der einzige, den ich wirklich sah. Mit einem leichten Grinsen las ich die Betreffzeile: GIB NICHT AUF ... HURE. Er wusste immer ganz genau, was er sagen musste. Wir hatten demnach wohl eine neue Stufe in unserer Arbeitsbeziehung erreicht. Die Stufe, wo „Hure" ein Kosename war.

Er hatte mir ein Video geschickt, das er wohl mit seinem Handy aufgenommen hatte. Da saß er, im Coffeeshop. Vom Licht her konnte ich sagen, dass er die Nachricht nicht lange nachdem ich gegangen war aufgenommen hatte. Vermutlich hatte er den Barista gebeten, das Handy zu halten.

„Du hast deine Notizen vergessen." Er hob sie hoch, mit einem so strahlenden Lächeln, dass ich fast zu atmen vergaß. „Du schaffst das, Logan. Mach aus dieser Parodie ein Meisterwerk!" Er begann aus dem Bild zu gehen, wobei er einmal mehr „Proud Mary" sang – mit einer Stimme, die jeden Darsteller in tiefste Verlegenheit gebracht hätte. Dann streckte er seinen Kopf zurück in die Kamera. „Ich werde sie dir später vorbeibringen!"

Ich sah mir die Nachricht noch vier Mal an, ehe ich Janey nach Hause kommen hörte.

ADBURY WAR eine recht kleine Stadt, welche vom Tourismus lebte. Die Schaufenster der Geschäfte waren gefüllt mit Steppdecken, antiken Möbelstücken und anderen Dingen längst vergangener Zeiten, die allerdings bei manchen noch immer ein gewisses Interesse erweckten. An den meisten Sommertagen waren die Türen der Geschäfte weit offen; die angebotenen Produkte standen bis abends auf den Gehsteigen. Als Janey nach Hause gekommen war, beschlossen wir einen Spaziergang zu unternehmen. Ich sollte Curtis um sechs zu Hause treffen, denn Mrs. Allenson hatte ihn und mich zum Essen eingeladen. Janey dagegen stand noch eine Diskussion mit Della und der Historical Society bevor, deshalb würde sie nichts von der sprühenden Unterhaltung bei Tisch mitbekommen.

Wir betrachteten eigentlich nur die Schaufenster – weder Janey noch ich waren der Typ für antike Möbelstücke. Hin und wieder sahen wir etwas, was uns reizte, aber dieses Interesse ging nicht über das Betrachten hinaus. Es war in etwa wie ein Besuch im Museum. Man interessierte sich zwar für die Bilder, aber man würde sie nie kaufen. Wir hatten einige antike Möbelstücke zu Hause, aber sie alle erfüllten einen praktischen Zweck. Substanz stand dabei über Stil.

Wir schlenderten recht gemütlich dahin. Die Gehsteige waren zum Glück nicht sonderlich voll, vermutlich da viele schon beim Abendessen saßen. Die wenigen, die unterwegs waren, waren zumeist bedeutend älter als wir und gingen dementsprechend langsam. Nebenbei tranken wir einen Eiskaffee von unserem Lieblingscoffeeshop. Scheinbar waren Coffeeshops der modernen Welt, mit den Bädern im antiken Rom vergleichbar. Sie waren beliebt und sie waren überall.

„Wie geht es mit dem neuen Buch voran?" Sie trug noch ihre Arbeitskleidung und würde sich wohl erst vor der Diskussion mit Della umziehen.

„Ich bin ein fürchterlicher Autor. Es ist tot. Tot, tot, tot."

„Du kriegst das schon hin. Das schaffst du immer. Darauf kann man sich bei dir verlassen."

„Darauf kann man sich verlassen? Willst du mir sagen, dass ich leicht zu durchschauen bin?" Ich starrte sie gespielt anklagend an.

„Ja. Aber nicht auf eine schlechte Art."

Ich war also eine Schachtel. Eine große, zuverlässige Schachtel.

„Wenigstens darf ich mir hin und wieder einen sexy Lektor ansehen. Das macht das ganze um einiges erträglicher. Er hat mir heute eine Videonachricht geschickt."

„War es heiß? War er nackt? Darf ich es auch sehen?"

„Ja. Nein. Und nein." Ehrlich gesagt, errötete ich noch immer wegen der Nachricht. Als hätte man mich mit einem Pornofilm erwischt. Es war dieses ganz bestimmte jugendliche Schuldgefühl, das ich vergessen geglaubt hatte.

„Wieso fragst du ihn nicht, ob er mit dir ausgeht?" Janey suchte den Boden ihres Bechers mit dem Strohhalm ab, um noch den letzten Rest des leckeren Kaffees zu genießen.

„Was? Nein, ich habe Curtis."

Sie sah mich mit einer hochgezogenen Augenbraue an.

„Curtis ist völlig in Ordnung. Also verurteil' mich nicht dafür. Er ist derjenige, den ich ..."

*Brauche? Will?* Was war das richtige Wort dafür? Mir kam in den Sinn, dass der Gedanke selbst keine Schlussfolgerung garantierte.

„Er ist nur derjenige, mit dem du dich zufriedengegeben hast. Er ist dein zuverlässiges Ende, Mr. Autor. Obwohl ich es nicht gerade als Happy End bezeichnen würde."

„Nun, was ist mit dir? Du bist schon ewig nicht mehr mit jemandem ausgegangen. Wann wirst du ins Spiel zurückkommen?"

„Ich war ein Starspieler. Ich habe gut gespielt, zu gut. Ich war die Frau, zu der man gekommen ist, nicht die Frau, mit der man zusammenbleiben wollte. Außerdem ist niemand gut genug für mich. Hast du überhaupt eine Ahnung davon, wie schwer es ist, so umwerfend wie ich zu sein? Nur den Hauch einer Ahnung? Ich bin verdammt noch mal sagenhaft. Es ist den Leuten ein Vergnügen mich zu treffen."

„Du wartest auf einen der Zeugen Jehovas oder auf einen der Mormonen."

„Da ist etwas dran." Als wäre es ihr noch nie in den Sinn gekommen. „Ich werde die schon noch ins Haus bekommen. Du wirst schon sehen. Ich habe schon einen Zeugen Jehovas auf mich aufmerksam gemacht. Ich war auf der Veranda, in der Schaukel und da kam dieser scharfe Typ in einem Walmart-Anzug, in Begleitung einer blonden Frau daher. Ich habe „Hallo." gesagt, weil ich gehofft hatte, dass sie versuchen würden mich zu bekehren."

„Haben sie es versucht?"

Janey seufzte. „Nein. Die Frau hat mir einen ängstlichen Blick zugeworfen und er muss gedacht haben, dass ich mit ihm flirten wollte. Jedenfalls sind sie wie verschreckte Salamander verschwunden. Ich habe nicht einmal ein Traktat von ihnen bekommen."

„Ich bin mir sicher, dass sie dich in ihre Gebete einschließen."


DAS ABENDESSEN mit Curtis, der pünktlich erschienen war, verlief genau wie erwartet. Es war angenehm und ruhig und Mrs. Allenson – Grace, für ihre Freunde – war eine gütige Gastgeberin. Sie hatte einen köstlichen Fleischeintopf und frisches Brot zubereitet, zum Nachtisch gab es Zitronenkuchen mit Eischnee. Der Kuchen, der in der Mitte des Tisches stand, wurde von Curtis während des ganzen Abendessens beäugt. Noch nie hatte er mich so begehrlich angesehen. Er trug ein weißes Hemd, Khakis und eine Krawatte. Das war praktisch seine Lebensuniform; der Look, den er jeden Tag hatte. Falls er jemals etwas Farbiges getragen hatte, dann hatte ich es bis jetzt nie gesehen. Wenigstens war er zuverlässig darin, dass er nett aussah. Ich dagegen fühlte mich fast etwas schlampig angezogen, da ich – durch Brock inspiriert – mein altes Kool-Aid Shirt und Cargoshorts angezogen hatte. Allerdings trug Grace ihren Jeansoverall. Es war also eher so, dass Curtis zu schick aussah.

Die Konversation blieb leicht. Wir tauschten zum größten Teil Gärtnertipps aus und besprachen die letzte Auseinandersetzung von Janey mit der Historical Society. Wir diskutierten das Fernsehprogramm, das wir verfolgten und Filme, die wir alle liebten. Wir kamen auch auf die Lieblingsschimpfworte zu sprechen. Grace mochte *Puff*, ich bevorzugte *Arschloch*. Curtis enthielt sich diesem Teil des Gespräches und wurde sofort rot, als er darauf angesprochen wurde. Seine Augen leuchteten jedoch richtig auf, als er die Unterhaltung auf die Schachtelindustrie lenkte. Jede lange Konversation mit ihm endete in einer Schachtel. Zu Beginn war es ja ganz niedlich anzusehen, denn er war dabei immer so aufgeregt wie ein kleines Hündchen.

Als wir angekommen waren, hatte er einen Karton mit Kleidung für Goodwill bemerkt. Er hatte erwähnt, dass das eine nicht besonders stabile Schachtel der Konkurrenz war. „Lass mich dir ein paar gute Schachteln vorbeibringen. Ich könnte morgen vorbeikommen."

„Danke, Schätzchen, aber ich könnte nicht behaupten, dass ich jetzt noch mehr Schachteln bräuchte." Grace goss ihm noch ein wenig Wein ein.

„Jeder braucht Schachteln!"

Ich versuchte Grace zur Hilfe zu kommen. „Vielleicht hat sie nicht genug Platz."

Er fuhr fort, als hätte ich überhaupt nichts gesagt. „Wusstest du eigentlich, dass die Kartonschachtel um 1890 von einem in Brooklyn lebenden Schotten namens Robert Gair erfunden wurde?"

„Nein, Schätzchen, das wusste ich noch nicht."

Ich wusste es bereits. Ich hatte die Geschichte schon viele Male gehört. Und Mr. Gair hat sie durch…

„…*einen Zufall erfunden!*"

Grace lächelte leicht. „Du bist ziemlich gut über deine Schachteln informiert."

„Nun, sie sind einfach großartig. Du musst nur daran denken bei wie vielen Dingen sie uns helfen können …"

Grace begann den Kuchen zu servieren, wohl aus der Hoffnung heraus, dass wir ein anderes Thema aufgreifen konnten.

„Wir packen all unseren Besitz hinein. Unsere Kleidung, unser Geschirr, unsere Bücher. Wir verpacken unser Leben in ihnen und tragen sie mit uns herum. Ohne Schachteln würden wir unsere Identität verlieren! Und Menschen leben in ihnen. Ich meine, das ist nicht etwas, was ich unbedingt ausprobieren wollte, aber die Leute leben in ihnen." Er wandte sich mir zu. „Vielleicht könnten wir das einmal versuchen."

„Obdachlos sein?"

„Natürlich nicht, Dummerchen. Aber vielleicht könnten wir eine Nacht in einer Kartonschachtel auf dem Rasen verbringen."

„Ich denke nicht, dass ich das will."

Curtis wandte sich wieder Grace zu. „Er versteht es einfach nicht. Es gibt eine richtige Schachtelkultur. Es gibt sogar ein Museum in Frankreich und ich werde es eines Tages besuchen. Ich wette, dass William Shakespeare ein Sonnet über Schachteln geschrieben hätte, wenn sie zu seiner Zeit schon existiert hätten."

„Pocken."

„Was?"

Ich grinste. „Pocken auf den Boxen."

Er verstand es nicht. „Na gut …"

Die Unterhaltung über Schachteln kam zu einem Ende und Curtis machte sich über seinen Kuchen her. Als ich zu Grace hinüber sah, sah ich diesen besonderen, glasigen Blick, den ich auch schon bei Janey bemerkt hatte, wann immer sie mit Curtis sprach. Sie war entweder völlig entrückt oder einfach nur tödlich gelangweilt. Zum Glück sah Curtis das nicht. Man konnte einem kleinen Hündchen nicht das Herz brechen.

Eine halbe Stunde später standen wir bei der Tür, bereit zu gehen. Wir bedankten uns bei Grace für ihre Gastfreundschaft. Seltsamerweise sah Grace aus, als würde sie gerade einen Schub neuer Energie bekommen. Curtis versprach ihr ein paar stabile, verlässliche Schachteln vorbeizubringen und wir gingen zurück nach Hause. Es donnerte in der Ferne und ein paar Tropfen fielen auf Curtis' Khakis.

Ich hatte eigentlich ein wenig gemeinsame Zeit erwartet, aber er küsste mich nur scheu und wünschte mir schon in der Auffahrt eine gute Nacht. Sobald sich raues Wetter ankündigte, brach Curtis sofort nach Hause auf. Er hasste es, im Regen zu fahren.

Zwanzig Minuten später saß ich im Wohnzimmer auf dem Sofa und schaltete durch die Kanäle, während der Fernseher stumm geschaltet war. Feed hatte sich in der Mitte des Raumes ausgestreckt, als würde ihr das ganze Haus gehören. Der Regen setzte ziemlich heftig ein, was die Satellitenverbindung immer wieder unterbrach. Ich war ohnehin nicht konzentriert, deshalb machte es mir nicht viel aus.

Es klopfte an der Tür. Nicht hektisch, nicht hastig oder auch nur annähernd wie in einem Film, wenn ein Fremder in einem Gewitter an die Tür klopfen würde. Es war lediglich laut genug, damit man es trotz des heftigen Regens hören konnte. Ich öffnete die Tür und Mr. Brock Kimble stand vor mir, völlig durchnässt, aber lächelnd. Wenn dieser Anblick dem Szenario eines Mr. Brock Kimble unter der Dusche am nächsten kam ... dann war es das Beste, was mir passieren konnte.

Er reichte mir die Mappe mit meinen Notizen. „Tut mir leid, dass sie nass geworden sind." Kleine Regentropfen hatten sich in seinen langen Wimpern verfangen.

„Danke! Komm doch rein. Du musst aus dem Regen raus. Möchtest du etwas trinken?"

„Ist schon gut." Er sprach laut genug, dass man ihn trotz des Regens verstand. Dennoch weigerte er sich ins Trockene zu kommen. Die Seitentür hatte nur eine kleine Treppe und etwas was man nur mit sehr viel Fantasie ein Dach nennen konnte. „Wieso kommst du nicht raus?"

Ich musste ihn völlig perplex angesehen haben, denn er begann zu lachen. Ich streckte meinen Kopf hinaus und sah mich kurz um, ehe ich ihn wieder ansah.

Er zuckte die Schultern und hob seine Augenbrauen, als wollte er sagen, „Warum nicht?". Ich legte meine Notizen beiseite und nahm einen Schirm.

„Warum ich nicht nach draußen komme?"

Ich öffnete den Schirm auf der Treppe, hatte aber nicht mit dem Wind gerechnet. Plötzliche Windstöße waren in Flusstälern nichts Ungewöhnliches. Der Schirm wurde mir aus der Hand gerissen und wehte auf die Straße zu.

„Whoa!" Brock hatte sich ziemlich erschreckt.

Er jagte dem Schirm nach, ich eher Brock. Während der Schirm über den völlig durchweichten Rasen wirbelte und rollte, blamierten Brock und ich uns ganz schön. Wir mussten wie betrunken aussehen. Es war als hätte der Schirm einen eigenen Willen entwickelt. Er war frei und hatte absolut keine Absicht zu mir zurückzukommen.

Während unserer sinnlosen Verfolgung stolperten wir mindestens drei Mal ineinander. Mit jeder Kollision fühlte ich ein stärker werdendes Kribbeln, eine kleine Spannung, die sich aufbaute, wann immer wir uns berührten, zusammen lachten oder uns in die Augen sahen. Eine eigentlich lästige Aufgabe, wie einen Schirm zu jagen, war plötzlich zu einer seltsamen, romantischen Szene geworden. Das war etwas, was ich nie in einer Geschichte verwendet hätte. So etwas passierte normalerweise nicht. Als er mir mit einem neckenden Grinsen auf den Hintern schlug und „Schnapp ihn dir!" rief, gaben meine Knie fast nach.

Nach einer sehr ausgedehnten Hetzjagd konnte Brock sich den Schirm schnappen. Ich saß noch dort, wo ich hingefallen war. Unter einem Baum, außer Atem, wie Brock mit Schlamm bedeckt und trotzdem fand ich es witzig. Er bot mir seine Hand an, um mir auf die Beine zu helfen, dann hielt er den Schirm über unseren Köpfen. Als würde das jetzt noch helfen.

Ich konnte mich kaum noch einkriegen vor Lachen. „Ich denke… ein Spaziergang war doch keine so gute Idee. Der Moment hat mich wohl einfach überwältigt."

„Es *war* eine gute Idee. Der Schirm war der Saboteur."

Und dann kam dieser Moment. Es war etwas, was ich weder mit Curtis noch mit sonst irgendjemandem erlebt hatte. Es war, als würde alles nach oben kommen. Etwas blühte auf, in einer völlig neuen Welt. Ich war bis auf die Knochen durchweicht, aber als ich in Brocks Augen schaute, fühlte ich mich überhaupt nicht mehr unbehaglich.

Plötzlich machten all diese Filmklischees Sinn. Wir sagten nichts und hätten uns wohl auch unter dem kaputten Schirm geküsst, wenn Mrs. Allenson nicht in diesem Moment mit einem völlig intakten Schirm aus dem Haus gekommen wäre.

„Bist du in Ordnung, Logan? Ist das einer dieser Mormonen? Soll ich die Bullen rufen?" Sie hatte uns natürlich beobachtet.

Nur widerwillig unterbrach ich den Blickkontakt mit Brock. „Nein, Grace, es geht uns gut."

„Was?" Die Arme konnte wegen des Regens nichts verstehen.

„Er ist ein Freund!" rief ich zurück. „Wir... äh, wir hatten nur etwas Spaß."

„Ah! Nun, das ist nett. Spielt schön weiter." Sie sagte etwas über Curtis, was ich nicht verstehen konnte, ehe sie ins Haus zurückkehrte.

„Nachbarschaftswache?"

„Lass dich nicht von ihr täuschen, Brock. Sie ist eine Bulldogge."

„Ich glaube, ich sollte dich mal anrufen. Ein Anruf, der nichts mit der Arbeit zu tun hat."

„Das wäre ..." *Sicher kein Teil meiner Routine.* „nett."

„Ja, ich weiß." Er ging zu seinem Auto, ließ mich unter dem Schirm stehen und warf mir noch ein absolut bezauberndes Lächeln zu, ehe er einstieg. Selbst als er schon weggefahren war, stand ich noch immer im Garten und blickte ihm nach.

31

# 3

Es GAB einen wirklich schönen Springbrunnen in der Innenstadt von Adbury, nicht weit von meinem Haus entfernt. Wunderschöne Nymphen und Engel aus Kalkstein spielten und neckten einander im Wasser. Moos und Glyzinen bedeckten den Brunnen und verliehen ihm eine sanfte, grüne Schattierung. Es war ein sehr romantischer Brunnen, aber er war nicht groß genug, um überwältigend zu wirken. Er stand in einem kleinen Park mit sorgfältig gepflegten Bäumen, die den Besuchern im Frühling und Sommer Schatten spendeten und im Herbst mit ihren Farben für eine nostalgische Stimmung sorgten. Während des Winters, wenn das Wasser abgeschaltet war, war der Brunnen ein Zentrum von Festlichkeiten, wo er mit weißen und blauen Lichtern geschmückt wurde.

Der Springbrunnen war von einem steinernen Fußweg umgeben, auf den Bänke mit eleganten Gittern standen, die jedes Zurücklehnen zu einem Genuss werden ließen. Brock und ich saßen auf einer dieser Bänke, den Sommertag genießend. Ein leichter Sprühnebel des Brunnens streifte uns, während wir mein noch so unbestimmtes literarisches Experiment besprachen. Wenigstens war es jetzt etwas stimmiger und das wollte etwas heißen. Seit der Nacht, in der wir den Schirm gejagt hatten, hatte ich neue schöpferische Energie gefunden. Die Idee einer Parodie hatte ich weit hinter mir zurückgelassen und sah nun mit leichter Scham darauf zurück. Ich hatte auch endlich einen Titel gefunden: *Im Auge der eifersüchtigen Götter.*

Wir hatten eines von Adburys Geschäften besucht, die sich auf Süßigkeiten und Konfekt spezialisiert hatten. Ich hatte mir einen Kaffee geholt und Brock gönnte sich ein gigantisches Waffeleis. Es war eine dieser Eiswaffeln, die ein Kind bekam, wenn es brav oder fleißig gewesen war. Dieses monströse Ding hatte jede nur erdenkliche Farbe, mit Streuseln, Karamell, Nüssen und sogar Gummibärchen. Ich war erstaunt, dass Brock, abgesehen von dem anfänglich genießerischen Gesichtsausdruck, sein Eis essen konnte, ohne dabei eine Miene zu verziehen.

„Mir gefällt, was du mit dem Buch machst." Die Eiscreme verschwand fast schon auf magische Weise vor meinen Augen. „Eine mitreißende Romanze schlägt jede Parodie um Längen. Und sie hat einen guten Titel. Erinnert an Jacqueline Susann."

„Warum? Komödien und Parodien verkaufen sich doch noch immer ziemlich gut. Oder sind wir so eine depressive Gesellschaft, dass Komödien sich nicht länger verkaufen lassen?"

„Es hängt immer davon ab, wer sie schreibt. Augusten Burroughs verkauft sich ziemlich gut. Du dagegen bist nicht dafür bekannt, Komödien zu schreiben. Jedenfalls wenn es sich um strikte Komödien handelt. Ich hoffe, es macht dir nichts aus, wenn ich ehrlich bin, aber das war ziemlich faul von dir."

„Es *macht* mir sehr wohl etwas aus!"

Er hörte für einen Moment auf, sich mit seinem Eis zu beschäftigen. „Tut mir leid. Ich war aber erleichtert, dass du auch die Namen der Protagonisten geändert hast. Flavius und Maximus passen schon viel besser. Es wird eine großartige Geschichte werden. Ein Schiffbruch auf einer verlassenen Insel, mit den beiden als den einzigen Überlebenden. Sehr gut. Es erinnert mich an die Bücher, die ich als Kind geliebt habe. *Robinson Crusoe* und *Die Schatzinsel*."

„Nun, es gibt noch einen dritten Überlebenden. Septimius oder Caligula, oder so ähnlich."

„Ach genau, der Verrückte. Was wirst du mit ihm anstellen?"

„Ich bin mir noch nicht sicher, die Geschichte schreibt sich irgendwie von selbst."

„Wird es Sex geben?"

„Sicher. Es gibt immer Sex."

„Gut, deine Leser lieben das. Du hast etwas bei den Frauen berührt. Sie, mein Lieber, sind deine Zielgruppe. Gib ihnen, was sie wollen und du wirst ewig eine treue Leserschaft haben."

„Sie lieben Schwule, was?"

Brock leckte daraufhin schnell und recht anzüglich an seinem Eis. „Oh ja, sie *lieben* sie."

Ich starrte ihn einen Moment lang nur an. Ich wollte nicht starren, aber ich wollte auch nicht wegsehen. Es war aber nicht so, dass ich dazu nicht mehr in der Lage gewesen wäre – meine Halswirbel funktionierten noch. Aber er hatte nun mal Eiscreme in seinen Händen. Ein erwachsener Mann mit Eiscreme war in etwa wie ein Korb voller Welpen. Curtis sah nie so aus. Er hatte seine niedlichen Momente, aber nichts, was Curtis je hätte tun können, hätte mich mit solcher Leidenschaft erfüllen können. Der Gedanke, mit Curtis intim zu sein, begann sich mehr wie Arbeit anzufühlen. Er war eben jemand, mit dem ich einmal pro Woche ein wenig Spannung abbaute. Ich wusste, bevor ich die Worte in meinen Gedanken geformt hatte, dass ich das mit ihm beenden musste. Es war eine befremdliche Idee. Er passte doch perfekt, nicht wahr? Er passte perfekt in mein Leben. Aber zugleich begann er einen Teil von mir ziemlich zu nerven. Er war ein Störfaktor geworden.

DIE EHRWÜRDIGE Stadtbibliothek befand sich an Adburys Hauptstraße, nur ein paar Blöcke vom Springbrunnen entfernt. Wie viele andere Bibliotheken wurde auch diese immer weniger aufgesucht, seit das Internet und Suchmaschinen alles vereinfacht hatten. Dennoch blätterten einige Leute durch Bücher, auf der Suche nach etwas, was sie nicht benennen konnten. Nichts, was das Internet bieten konnte, könnte jemals mit dem Geruch von alten Büchern verglichen werden. Mit dem Geruch der alternden Seiten, von Tinte und Buchumschlägen.

Ich war mit Janey in der Bibliothek. Vergebens durchsuchte sie die Regale nach einem recht unbekannten Buch, das über die Bibel und Homosexualität handelte. Selbst bei ihren üblichen Internetanbietern konnte sie es nicht finden. Sie hatte den Computer der Bibliothek durchsucht, aber auch dort war der Titel nicht auffindbar.

„Sie müssen es haben." Sie strich mit dem Finger über die Buchrücken, Reihe für Reihe, als wollte sie sie kitzeln. „Das ist eine Bibliothek, sie sollten alles haben."

„Das hier ist Adbury." Ich durchsuchte die gegenüberliegenden Regale. „Nicht die Kongressbibliothek."

„Nun, sie haben jede veröffentlichte Version der Bibel, das ist schon einmal klar. Wer braucht denn bitte so viele Versionen des gleichen Buches?"

„Ich glaube ja nicht, dass es *wirklich* das gleiche Buch ist. Nicht nach tausenden Jahren Übersetzen."

„Auch wieder wahr. Vielleicht war es ja ein Kochbuch und dann hat jemand ein Eintopfrezept seiner Tante eingefügt, womit alles den Bach runter ging."

Ich begann mich zu langweilen und war nicht wirklich auf die Aufgabe konzentriert, die Janey mir erteilt hatte. Somit begann ich interessant aussehende Bücher aus dem Regal zu ziehen und flüchtig durchzublättern. „Wo wir schon bei religiösen Themen sind, wie steht es im Tür-zu-Tür-Krieg?"

„Es wird richtig böse. Die Fraktionen beginnen sich schon finstere Blicke zuzuwerfen, wenn sie sich auf der Straße sehen. Gestern wurde es richtig spannend, als ein paar Mormonen und ein paar Zeugen aneinander vorbei mussten – genau vor unserem Haus." Sie war noch immer vornübergebeugt und durchsuchte die Regale. „Die Luft war geladen."

„Sie waren genau vor unserem Haus und haben nicht geläutet?"

„Nein. Hätte ich nach ihnen rufen sollen?"

„Ich weiß, dass du es gewollt hättest."

„Ja, aber zu dieser Zeit fuhr Curtis gerade vor. Dem Armen wäre das doch fürchterlich peinlich gewesen."

Curtis. Ich hatte eine Entscheidung getroffen. Ich musste dabei bleiben, auch wenn ich mich jetzt nicht mehr so sicher dabei fühlte.

„Was war das?" Janey hatte aufgehört die Bücher zu befingern und sah mich misstrauisch an.

„Was?"

„Du hast ein Geräusch gemacht."

35

„Habe ich das?" Ich stellte das Buch, durch das ich eben noch geblättert hatte, zurück ins Regal. „Ich habe darüber nachgedacht mich von Curtis zu trennen."

Janeys Gesichtsausdruck war nicht unbedingt der subtilen Art. Ihre Augen hätten genauso gut Scheinwerfer sein können. „Fantastisch!" rief sie. „Ich denke, das ist wirklich fantastisch."

„Psst, wir sind hier in einer Bibliothek."

„In einer nutzlosen Bibliothek. Ich werde einen Bibliothekar fragen, wo dieses verdammte Buch denn nun ist." Sie ergriff meine Hand, als sie an mir vorbeiging. „Toll! Ich bin stolz auf dich."

Die Bibliothekarin war eine junge Frau mit tiefschwarzem Haar, das sehr sauber und scharf geschnitten wirkte – fast ein wenig wie Klingen. Sie lächelte nicht, sie guckte nicht böse. Sie studierte. Manche würden wohl sagen, dass sie den Blick eines Richters hatte. Sie schien alles was um sie herum geschah, in sich aufzunehmen, immer bereit, ein Urteil zu fällen. Trotz ihres langweilig wirkenden Kleides (grau, mit einer Reihe schwarzer Knöpfe) konnte ich mir vorstellen, dass sie ein interessantes Leben führte. Vielleicht war sie am Wochenende eine Stripperin. Vielleicht war sie während der Nacht eine Spionin. Aber ich konnte doch auch nicht zulassen, dass ihr geheimes Leben spannender war, als meine kleinen Abenteuer. Deswegen beschloss ich, dass sie tatsächlich nur eine Bibliothekarin war.

„Kann ich Ihnen helfen?" Sie war ganz klar nicht daran interessiert uns zu helfen. Sie blinzelte nicht einmal. Sie war eine Vampirin. Eine Vampirin mit gezahnter Vagina.

Janey nickte. „Ich suche nach dem Buch *Jonathan Loved David* von Tom Homer, aber ich kann es nicht finden. Ich habe mich gefragt, ob …"

„Nein, wir haben dieses Buch nicht."

„Sind Sie sich sicher? Sie haben noch gar nicht nachgesehen."

„Ist es im System?" Die Bibliothekarin klang schon etwas ungeduldig.

Janey begann mit den Fingern auf dem Tisch zu klopfen. „Nein, aber-"

„Dann haben wir es auch nicht. Wir führen *solche* Bücher sowieso nicht." Sie sah zu mir herüber. Sie wusste ganz genau, wer ich war und was für eine Sorte Bücher ich schrieb. Ich war recht bekannt in der Stadt, aber es hatte nie zu Einladungen zum Abendessen gereicht oder zu Bitten um ein Autogramm und ich war auch noch nie von der Lokalzeitung interviewt worden.

„Sie führen auch seine Bücher nicht?" Dabei zeigte Janey auf mich.

„Bitte, sprechen Sie nicht so laut, Ma'am. Und nein, wirklich nicht. Seit letzter Woche nicht mehr. Wir haben neue Richtlinien und nach diesen haben wir unsere Regale... *gesäubert*, was diesen Buchtyp anbelangt."

Ich rollte darüber mit den Augen. Janey ging allerdings noch weiter.

„Faschist!" Sie nahm sich einen Bücherwagen und begann ihn zwischen den Regalen durchzuschieben, wobei sie Buch um Buch auflud, bis sie nicht mehr zu sehen war. Ich sah zur Bibliothekarin hinüber und gab ihr mein möglichstes herzliches Lächeln. Ich hatte überhaupt keinen Schimmer was Janey eigentlich tat, aber sie war wütend und ich wusste, dass ich in einer solchen Situation besser von ihr fern blieb. Sie hätte ganze Dörfer in dieser Laune platt gemacht. Als sie zum Tisch zurückkehrte, hatte sie den Wagen mit einem ziemlich hohen Haufen Büchern beladen. Jetzt zeigte die Bibliothekarin ungehemmt ihre Emotionen.

„Was tun Sie da?"

„Ich will sie alle ausleihen."

„All diese Bücher? Das können Sie doch nie in zwei Wochen lesen. Sie können die Bücher nur für zwei Wochen ausleihen, Ma'am!"

Janey hob eine Augenbraue. „Ich sagte, dass ich all diese Bücher will. Ich bin eine Schnellleserin, Sie kleine Fotze."

Die Bibliothekarin stand da, völlig bewegungslos und überrumpelt. Die Leute starrten bereits.

„*Jedes einzelne davon.* Sie werden die doch gar nicht brauchen, wenn Sie jetzt diese neuen Richtlinien haben. Wissen Sie, jeder einzelne dieser Schriftsteller ist ein größerer Homo als mein Freund hier."

Im Wagen lagen die Werke von Tennessee Williams, Gertrude Stein, Jean Genet, James Baldwin, Walt Whitman und Gore Vidal, neben vielen anderen. Neben vielen, vielen, vielen anderen.

„Ich warte!" Janey hatte richtiggehend geschnauzt.

Ich dachte nur: *Heilige Scheiße! Das gibt noch einen Kampf...*

Als wir gingen (und zum Glück nicht in das nächste Polizeiauto gestoßen wurden) schob Janey den Wagen zum Auto, mit einem siegessicheren Lächeln im Gesicht.

„Die werden all diese Bücher loswerden wollen, sobald du sie zurückbringst ...", meinte ich leise. „Das ist ein Krieg dort drinnen."

„Wer hat etwas von Zurückbringen gesagt? Ich bin gerade einkaufen gegangen, Miststück! Das wird mich bis Weihnachten beschäftigt halten."

Als wir die Einfahrt zum Haus hochfuhren, sahen wir schon ein Auto dort stehen. Ich erkannte den quietschgrünen Volkswagen, er gehörte meiner Mutter Lucille. Sie hatte dieses Auto statt eines unauffälligeren gekauft, einfach weil sie es mochte. Es war, so jedenfalls sagte sie es, vom Aussehen her so verspielt wie ein flauschiger Tennisball. Ich hatte sie daran erinnert, dass es vielleicht auch genauso schnell umgeworfen werden würde. Sie hatte es abgetan und als ich sie gefragt hatte, was mein Vater vom Auto hielt, hatte sie geantwortet: „Er wird lernen, es zu lieben." Nun, dem war nicht so. Er passte kaum in das Auto hinein.

„Was macht denn deine Mutter hier?", fragte Janey, als wir aus dem Auto stiegen.

Lucille hatte in der Schaukel auf der Veranda gesessen, als wir vorgefahren waren, aber nun kam sie uns entgegen. Sie sah zu gut angezogen aus, als dass es ein spontaner Besuch hätte sein können. Sie trug ein sommerliches, hellblaues Kleid, welches über ihren Knien endete, weiße High-Heels und ein billiges Imitat einer Handtasche, welche wie Schmuck um ihren Unterarm hing. Ihr blondes Haar war hochgesteckt und kürzlich farblich unterlegt worden.

„Lucille, was machst du hier?", fragte ich, als sie mich auf die Wange küsste.

„Wir hatten für heute etwas geplant", meinte sie fröhlich.
„Hallo, Janey!"

„Hallo, Lucille."

„Wo warst du?", fragte sie mich. „Du hättest zumindest die Haustür offen lassen können, dann hätte ich nicht hier draußen warten müssen. Ich hoffe, dass mich niemand gesehen hat, während ich wie ein gemeiner Einbrecher gelauert habe." Sie sah sich um, noch immer lächelnd, dass jeder Beobachter sehen konnte, dass sie kein Superschurke war.

„Wir hatten für letzte Woche etwas geplant, Lucille. Nicht diese."

Ihr Lächeln schwand. „Nein, sicherlich nicht. Ich habe es in meinem Kalender eingetragen." Sie durchsuchte ihre Handtasche und fand ihr Mobiltelefon. Sie wackelte leichtfertig damit herum. „Ich habe es mir kürzlich gekauft. Es ist *so* praktisch. Lass mich mal sehen …" Sie drückte auf ein paar Knöpfen herum und ließ dabei ein paar Kommentare ab, die entweder ihr selbst oder dem Organizer galten, bis sie herausgefunden hatte, was genau sie eigentlich wollte. Ich sah zu Janey hinüber, die mir ein bedauerndes Lächeln zuwarf.

„Aha!", quietschte sie. „Sieh mal, hier steht … oh, Schätzchen, du hattest recht. Du hattest absolut recht. Es *wäre* letzte Woche gewesen." Sie sank in sich zusammen. „Und ich habe es vergessen. Wie konnte ich das nur vergessen?"

„Nun, du bist hier." Ich versuchte nicht allzu gereizt zu wirken.

„Stimmt!" Sie klopfte mir einmal auf den Arm. „Nun, was sollen wir tun?"

Wir saßen schlussendlich im Garten. Ich bereitete ein wenig Limonade zu und servierte ein paar Kekse. Es war nicht so, dass wir sie wirklich essen wollten, aber das war eben das, was man an einem Sommertag aß. Kekse und Limonade. Lucille hatte ihre Schuhe ausgezogen und half mir dabei, ein wenig Unkraut auszurupfen. Feed strich ihr um die Beine und Lucille ermutigte die Katze noch mit ihrem Geplapper.

„Wer ist ein niedliches Kätzchen? Wer ist ein niedliches Kätzchen?"

„Höre ich da etwa Lucy?" Grace arbeitete ebenfalls in ihrem Garten. Sie lehnte sich über den weißen Zaun, nahm ihren Hut ab und wischte sich den Schweiß von der Stirn, ehe sie winkte.

„Hallo, Grace!", zwitscherte Lucille. „Möchtest du vielleicht einen Keks?"

Grace schaute hinüber zum Vogelbad, auf dem das Tablett abgestellt worden war. „Welche Sorten habt ihr?"

„Nun, wir haben Schokoplätzchen, ein paar Zuckerkekse und ein paar dieser Zitronenkekse, die die Pfadfinderinnen verkaufen."

„Ich nehme einen von diesen."

Lucille trat mit dem Tablett zum Zaun, um dann in Graces Garten zu spähen. „Sieht richtig gut aus, dieses Jahr."

„Danke! Es war eine gute Saison, vor allem für meine Tomaten. Ich habe die saftigsten Tomaten der East Second Street."

Ein weiteres Auto fuhr vor, diesmal ein viel eleganteres. Ich erkannte es sofort als Brocks und plötzlich kollidierten meine Welten. Chaos brach über mich herein, als er aus dem Auto stieg und mir zuwinkte.

„Wer ist der Typ im Anzug?" Grace wunderte sich erst noch, doch dann lächelte sie recht trocken. „Ah, ich erinnere mich."

Ich hätte nie erwartet, dass Grace meine Lebensweise so akzeptieren würde. Eine Frau einer älteren Generation, die in einer kleinen Midwest-Community aufgewachsen und dort auch immer geblieben war, war nicht unbedingt ein Sinnbild für jemanden, der *tolerant* war. Aber als ich sie kennengelernt hatte, war mir klar geworden, dass sie der Großmarschall der Adbury Gay Pride Parade sein könnte, wenn sie denn existieren würde. Ich war mir sicher, dass Janey vorhatte, Grace vom Vorfall in der Bibliothek zu erzählen. Ich war mir auch sicher, dass Grace der Bibliothek ebenfalls einen Besuch abstatten würde, welcher laut und wortreich ausfallen würde.

Ich fühlte mich irgendwie verdächtig, als ich zu Brock hinüber schlenderte – ich war mir zumindest sicher, dass ich schlenderte. Ich hatte allerdings eher das Bedürfnis zu ihm zu rennen und dabei

„Meins! Meins! Meins!" zu rufen. Aber ich konnte mich gerade noch unter Kontrolle halten.

„Sieht wie eine Gartenparty aus." Er klang wie immer, selbstsicher und herzlich. Er hatte ein Paket dabei, kam aber noch nicht darauf zurück.

„Brock, das sind meine Mutter Lucille, meine beste Freundin Janey und meine Nachbarin Grace. Lucille, Janey, Grace – das hier ist mein Lektor, Brock Kimble."

Meine Mutter bemerkte es, dieses Funkeln in meinen Augen und auch die kleine Veränderung in meiner Stimme. Frauen waren immer besser darin, solche Nuance herauszufiltern, vor allem Mütter. Sie bot Brock ihre Hand an. „Wie geht's?" Ihr Lächeln strahlte richtig – sie hatte wohl kürzlich ein Zahnbleichmittel benutzt.

„Sind das Kekse?" Brock beäugte das Tablett in ihrer Hand.

„Sicherlich! Möchtest du einen?"

Brock nahm sich einen der Schokoladenkekse.

„Seid ihr beide zusammen?" Lucille war plötzlich auf Tratsch gepolt. „Was ist mit Curtis? Hast du mit Curtis Schluss gemacht? Hast du dich mit ihm gestritten? Weswegen habt ihr euch gestritten?"

Janey griff ein. „Lucille, ich habe einige Bücher im Auto. Würdest du mir helfen sie ins Haus zu bringen?"

„Na… Natürlich, Liebes."

Während Janey Lucille mit einigem Nachdruck mit sich zog, konnte man meine Mutter noch immer deutlich hören. „Betrügt er Curtis etwa? Oh mein Gott! Der arme Junge. Gib mir all die dreckigen Details …"

Grace lehnte sich Kopfschüttelnd an den Zaun und lachte in sich hinein. „Diese Frau!"

„Entschuldige bitte …", meinte ich an Brock gewandt.

„Ist schon gut. Sie ist nett. Mütter sollen ja … nett sein." Ich hatte diese kleine Pause in seinen Worten bemerkt. Als hätte er für eine Sekunde den Faden verloren. „Wie auch immer… Ich bin vorbeigekommen, um dir eine Kopie meiner Notizen über deine Arbeit zu bringen."

Ich nahm das Paket entgegen. „Du hättest das nicht tun müssen. Du hättest sie mir einfach per E-Mail schicken können. Ich brauche doch nicht so viel Aufmerksamkeit."

Grace atmete leise aus.

„Das war doch kein Aufwand. Außerdem bin ich der Meinung, dass es von Vorteil ist, Notizen in Papierform zu haben. Und ich hatte das Bedürfnis ein wenig herumzufahren."

„Danke. Ich weiß das zu schätzen."

Wir starrten einander an und wurden nach einiger Zeit von Grace unterbrochen. „Möchtest du vielleicht ein paar meiner Tomaten?", frage Grace Brock.

„Wie bitte?"

„Dieses Jahr habe ich ein paar richtig große, saftige Tomaten. Die kann ich nicht alle allein essen. Möchtest du ein paar?"

„Hast du vielleicht ein paar gelbe? Ich liebe gelbe Tomaten."

„*Ob ich ein paar gelbe habe?*" Grace hatte es ausgesprochen, als ob es eine dumme Frage wäre. „Was für einen Garten hätte ich, wenn ich keine gelben Tomaten hätte? Nicht böse gemeint, Logan."

Mein Garten hatte keine gelben Tomaten. „Schon gut."

„Sie sind roh am besten. Ein wenig Salz und sie sind ein perfekter Mittagssnack! Komm rüber und pflück dir ein paar. Komm schon!"

Als er, in seinem Armani-Anzug, über den Zaun sprang, sah Grace mich mit hochgezogener Augenbraue an. „Also, wann wirst du den anderen abservieren?"

„Ich … ich werde nicht … Naja, vielleicht …"

„Es ist nicht gut, etwas noch lange am Rebstock zu behalten, wenn es schon tot ist."

Brock stand schon mitten in Graces Garten und biss in eine der gelben Tomaten. „Hast du vielleicht etwas Salz?"

*Heilige Scheiße!*


ICH WOLLTE weder zu Hause noch bei Curtis mit ihm Schluss machen. Ich war ehrlich gesagt nur ein paar Mal bei ihm gewesen, denn er lebte auf einer völlig gewöhnlichen Ranch. Ich stellte mir vor, dass er leise bitten oder betteln würde, damit ich bei ihm blieb. Ich hatte ihn nie so emotional zerstört erlebt, aber meine Vorstellungskraft malte die Szene mit pyrotechnischer Dramatik aus. Es war nicht so, dass ich mich für den Schönsten der Stadt hielt. Ich war mir nur allzu gut bewusst, welche Fehler ich hatte. Es war nur so, dass er mir gegenüber nichts als Bewunderung gezeigt hatte. Daher war ich überzeugt, dass es ein Feuerwerk geben würde, wenn ich es beenden würde. Ich wollte es an einem neutralen Ort hinter mich bringen, also hatte ich ihm ein Mittagessen in einem netten Restaurant in der Stadt angeboten. Dort, von Leuten umgeben, würde es wohl kaum eine Szene mit hysterischem Schluchzen geben. Curtis hasste es, eine Szene zu veranstalten. Es war ihm schon peinlich, wenn er eine Gabel fallen ließ.

Ich ging zum Schachtelgeschäft, um ihn abzuholen. Wie üblich wurden meine Augen etwas glasig, als ich eintrat. Karton an den Wänden, volle Schachteln auf Ausstelltischen, als wären sie Schuhe, kleine Schachteln hinter Glas, als wären es Schmuckstücke. Faszinierend. Ich konnte mir lediglich vorstellen, wie ich mich fühlen würde, sollte ich jemals das französische Museum betreten, von dem Curtis bei Graces Abendessen gesprochen hatte. Der Geruch von eingestaubten Geschenken hing an mir, als ich zur Rückseite des Geschäftes ging, wo Curtis an der Kasse stand. Er lächelte, allerdings nur halbherzig. Er schien nervös und spielte an seiner Brille herum, um dann seine Haare hinter die Ohren zu streichen. War ihm etwa bewusst was ich tun wollte?

„Bereit für das Mittagessen?" Ich versuchte einen möglichst freundlichen Gesichtsausdruck zu bewahren.

„So ungefähr. Hör zu, wir müssen reden."

„Was ist los?" *Er wusste es!*

„Ich habe darüber nachgedacht, die ganze Nacht und ich denke, dass es das Beste ist, es einfach hinter mich zu bringen. Es einfach... direkt zu sagen."

Es fühlte sich an, als ob mein Plan sabotiert worden wäre. Als hätte mir jemand den Teppich unter den Füßen weggezogen.

„Ich habe letzte Nacht einen Anruf bekommen, von den hohen Tieren des Unternehmens. Sie mögen, was ich tue. Sie mögen meine Ideen und meine Leidenschaft. Sie haben mir eine Beförderung angeboten. Ich soll weltweit reisen und bei den Verkäufen helfen."

„Weltweite Schachtelverkäufe?"

„Ja! Spannend, nicht wahr? Ich kann es selbst kaum glauben. Das bedeutet natürlich, dass ich nicht oft hier wäre. Ich habe sogar darüber nachgedacht, das Haus zu verkaufen. Und es wäre unfair, wenn ich einfach gehen würde, solange du noch hier festsitzt …"

„Machst du mit mir Schluss?"

„Ich habe mir gedacht, dass du mich vielleicht begleiten könntest. Ich meine, du bist Autor, also bist du an diesen Ort nicht wirklich gebunden. Vielleicht würde dir die Reiseerfahrung guttun. Aber ich weiß auch wie viel dir an deiner Routine liegt."

„Routinen können sich ändern." Was machte ich da gerade? Wollte ich ihn zurückhaben, nach all dem? Ich fühlte einen Knoten im Hals, konnte aber beim besten Willen nicht sagen warum. Ich war immerhin hergekommen um Schluss zu machen.

Er lächelte leicht. „Nein. Das wäre nicht gut für dich." Er legte mir eine Hand auf die Schulter und rückte einmal mehr seine Brille zurecht. „Keine Szene, Schatz. Keine Szene. Gib mir einfach einen Kuss und geh'."

Ich konnte es nicht glauben. Irgendwo lachte eine Göttin über mich. Eine Schachtelmuse.

Ich tat, was er gesagt hatte. Ich lehnte mich hinüber, küsste ihn auf die Wange, wie es sich für einen guten Ex gehörte und ging. Ging einfach aus dem Laden und fühlte mich dabei wie einer der sich drehenden Tische, auf denen einige der Boxen ausgestellt waren. Mein Herz war nicht gebrochen. Seines auch nicht. Ich fühlte mich, als hätte ich gerade ein gutes Shirt verloren. Ich konnte nicht abstreiten, dass ich dieses Shirt gemocht hatte. Curtis war Teil meiner Routine gewesen und jetzt war er einfach… weg.

Ich sah zurück zum Laden, als ich draußen stand und versuchte, alles zu verarbeiten. Im Moment war es jedoch unmöglich, also stieg ich in mein Auto. Als ich in den Spiegel blickte, sah ich ein verunsichertes Lächeln. Wie lange war das schon dort gewesen? Und noch etwas: Was jetzt?

ZWEI TAGE später rief Brock mich an. Es war völlig unerwartet gekommen, da wir meist online oder per SMS kommunizierten. Diese Verspieltheit in seiner Stimme zu hören ließ mich leichtsinniger werden, als es für die Uhrzeit (es war mitten am Tag) angemessen gewesen wäre. Er war heute in Adbury unterwegs und wollte wissen, ob ich mit ihm wandern gehen würde.

„Die Hügel oberhalb von Adbury rufen nach mir, Logan. Sie singen für mich. Es muss dort Pfade geben."

„Natürlich, es gibt sogar einige Pfade. Die Stadt hat den Park als einen der interessantesten Orte für Touristen, so wie dich, bezeichnet."

„Nun, das ist ganz nett von ihnen. Ich komme vorbei und hole dich ab. Wie sieht's aus? Zieh deine männlichsten Stiefel und dein flanelligstes Flanell an."

„Es könnte heute zu warm für Flanell werden."

„Dann komm nackt."

Es war ein schöner Tag zum Wandern. Überraschenderweise wurde das schöne Wetter nicht von vielen anderen ausgenutzt. Die Saison neigte sich allerdings auch schon dem Ende zu. Der August ging zu Ende und die Schule hatte bereits wieder angefangen. Damit gab es keine kleinen Kinder, die herumrannten und wir konnten einfach die Natur genießen. Ein Hauch von Veränderung wurde mit dem Wind mitgetragen, eine kühle Brise, die den Tag ein wenig säumte. Perfekte Tage sind langweilig, wenn nicht hin und wieder eine kühle Brise an ihre Perfektion erinnerte.

Wir wählten einen steilen Pfad, der nach oben führte. Er war von Bäumen umgeben, bot aber am höchsten Punkt eine gute Aussicht auf Adbury und den nahe gelegenen Fluss. Alles war noch grün – dunkelgrün, als würden die Bäume ihren Atem anhalten, um dann plötzlich auszuatmen und in Herbstfarben zu explodieren. Brock hatte einen Zweig als Wanderhilfe, den er nahe am Fuß des

Pfades gefunden hatte. „In Vorbereitung auf meine goldenen Jahre", meinte er.

Er trug eine dunkelblaue Shorts und ein Hemd, welches seinen Körper betonte. Einen Körper wie ich ihn mir vorgestellt hatte: straff, gebräunt und ebenmäßig. Ein Körper, der gepflegt wurde. Wie fand er nur genug Zeit dafür?

Ich hatte mich für Khakis und ein bequemes Shirt entschieden, von dem ich hoffte, dass es ihm gefiel. Ich blieb absichtlich etwas zurück als wir nach oben gingen, damit ich seinen Hintern bewundern konnte, der sich deutlich gegen den Stoff abzeichnete. Seine Beine bewiesen nochmals, dass er ein Sportler war. Seine Unterschenkel waren kräftig, durchtrainiert und ließen seinen Hintern nur noch verlockender erscheinen. Er musste meine bewundernden Blicke bemerkt haben, denn er warf mir nach einiger Zeit einen ziemlich durchtriebenen Blick über seine Schulter zu.

„Mein erstes Mal mit einem Mann war auf einem Waldweg." Die Erwähnung von Sex war nicht unbedingt überraschend gekommen. Ich hatte es selbst immer wieder heimlich angeschnitten.

Ich holte zu ihm auf. „Erzähl mal."

„Es fing alles in der Schule an. Ich wurde immer wieder von den Schlägern gehänselt, von einem ganz besonders. Terry Gomez. Er war einer dieser großen, schwerfälligen bösen Jungs, die ihr Versagen an anderen ausgelassen haben. Wenn du nur ein wenig anders warst, egal wie, hat er auf dir herumgehackt. Ich war seit der Grundschule eines seiner Ziele. Er machte es mir wirklich schwer. Eines Tages musste ich an ihm auf dem Gang vorbei. Ich wurde immer nervös, wenn ich an einem der Schläger vorbei musste. Mann, ich hatte wirklich schlimme Bauchschmerzen in der Schulzeit. Es wundert mich eigentlich, dass ich nie ein Geschwür hatte. Und damals wurde Mobbing eigentlich nur als ein Teil des Erwachsenwerdens gesehen.

Jedenfalls, als ich an Terry vorbei ging, nannte er mich eine Schwuchtel. Aus irgendeinem Grund reichte es mir dann. Ich weiß nicht warum, aber nach all diesen Jahren voller Quälereien und Beschimpfungen wählte ich diesen Moment um zurückzuschlagen.

Ich drehte mich um und begann auf ihn einzuschlagen. Einfach so, mit Flüchen und fliegenden Fäusten. Irgendwann wurde ich von ihm weggezogen und zum Direktor geschickt." Brock lachte. „Wir hatten diesen richtig hässlichen Direktor. Hitlermäßig hässlich, mit komischem Schnurrbart und allem. Er schien auf meiner Seite zu sein, immerhin war Terry ein bekannter Störenfried. Aber dann sagte er zu Terry: „Wie würde es dir gefallen, wenn man dich schwul nennen würde?" Es war einfach ein ganz seltsamer Wendepunkt. Ich realisierte, dass der Direktor noch ein größerer Idiot als Terry war. Seine Worte drückten aus, dass man als Homosexueller weniger wert war. Ich hatte eigentlich gedacht, dass er als ein älterer Mann weiser wäre oder wenigstens versuchen würde, seine Engstirnigkeit zu verstecken.

Am nächsten Tag, ich war nämlich für den Tag von der Schule suspendiert, um über meine Taten nachzudenken, ging ich in den Park. Ich habe das Wandern schon immer gemocht. Es befreit den Kopf. Ich wollte eigentlich über gar nichts nachdenken. Aber, rate mal, wen ich dort sah. Terry Gomez. Er stand einfach nur da und starrte mich an. Ich dachte, wir würden wieder kämpfen oder, dass er mich vielleicht sogar umbringen würde. Ich meine... er war groß, gemein und er sah wirklich angepisst aus. Aber stattdessen ..."

Brock sah mich an und zwinkerte.

„Wirklich? Im Park?"

„Ja. Es war peinlich und holprig, aber wenigstens hatte Terry mich nie mehr gequält. Wir wurden zwar nie Freunde, aber das war das Ende der Schikane."

Seine Augen waren eine offene Tür zu seinen Gedanken. Er nahm mich an der Hand und führte mich vom Pfad, hinter einen Baum.

„Was soll das?" In meiner Stimme lag leichter Protest. „Wir können das nicht einfach so tun. Das hier ist ein öffentlicher Park."

Er brachte mich zum Schweigen. „Es ist niemand in der Nähe."

Die Erwartung eines Kusses dauerte eine Weile länger an, während wir einander in die Augen starrten. Wir kamen uns näher, so nahe, dass ich seinen Atem spüren konnte. Wo beginnen ... was tun. Ich ergriff sein Shirt, bereit es einfach herunterzureißen. Bereit, in seine Brust zu beißen. Aber zuerst der Kuss. Er war nicht lang und perfekt, sondern wild und gierig. Er biss auf meine Lippe und ich auf seine. Mit jedem leisen Stöhnen wusste ich, dass er dasselbe wollte wie ich. Es würde nicht wieder das gleiche, stumpfe Spiel wie mit Curtis werden. Es würde einfach Sex sein.

Ich war wie erstarrt. Es war gegen die Regeln, gegen die Routine. Für so etwas wurde man verhaftet – wenn es denn jemals ans Licht kam. Und das machte es nur noch interessanter.

Mit den Daumen zog ich seine Shorts herunter und etwas Schweres schlug gegen meinen Oberschenkel. Während wir uns küssten, ergriff ich sein Glied; die heiße, sanfte Haut brannte in meiner Handfläche. Er befreite meinen harten Schwanz aus seiner Gefangenschaft und unsere Glieder drückten in einem intimen Treffen aneinander. Sie rieben aneinander, wie in einem lustvollen Tanz; Eichel umschlang Eichel. Sie konnten sich nicht nahe genug kommen.

Meine Hände kümmerten sich derweil um andere Dinge – sie kneteten Brocks Hintern, damit er sich entspannte. Ich wollte mich dankbar zeigen und um Einlass bitten, anstatt einfach einzudringen. Ich konnte fühlen, wie er sich unter meinen Händen entspannte und sich mir öffnete.

Ich drang mit mehr Leichtigkeit in ihn ein, als ich es vermutet hätte und er ritt mich, wobei er leise grunzte und sein Gesicht leicht verzog. Er spielte den Part desjenigen, der gejagt und gefangen worden war. Wir waren Tiere, die mitten in der Natur Sex hatten. Genau, wie Gott es vorgesehen hatte. Die Landschaft um mich herum verschwand und nur Brock blieb zurück. Die Zweige und Kieselsteine, auf denen wir lagen und uns umher rollten, erzeugten ein wunderbares Unbehagen. Als ich Brock umdrehte und er auf seinem Bauch lag, fühlte es sich für mich zum ersten Mal so an, als müsste es genau so sein. Dieses beschwingende, unanständige Gefühl, als würde ich auf etwas zurasen. Wind in meinem Haar und Festigkeit unter mir. Es erinnerte mich an meinen ersten Orgasmus, als ich mit dem Schlitten und an den Rücken meines besten Freundes geschmiegt (aber völlig angezogen) mitten im Winter einen Hügel hinunter gerast war.

Es war wunderschön, es war unerwartet, es war nicht Teil meiner Routine. Es war Magie.

# 4

*VON EINEM ungewöhnlichen Schicksal, auf die blaue See geschwemmt.*
So erging es auch mir. Der Beweis war meine Schriftstellerei. Mein
Manuskript, meine große, mitreißende Romanze mit dem Titel *Im
Auge der eifersüchtigen Götter* war solide und mit Leidenschaft erfüllt.
Ich stellte mir ein Musical mit so schöner Orchesterfassung vor, dass
selbst die zynischsten und hartherzigsten Kritiker weinen würden.
Ich war Brock zutiefst verfallen. So tief wie nur irgendwie möglich.
Zumindest tiefer als jedem, den ich kannte. Ich schrieb für ihn, an
ihn und über ihn. Wir waren die zwei Helden, die sich im Sand und
in den Gezeiten wälzten. Flavius und Maximus, die sich unter einem
alten, unergründeten Himmel liebten. Ein Himmel voller Sterne, die
wir aus der Entfernung benannten und katalogisierten. Sterne, die uns
im Bruchteil einer Sekunde verbrennen würden, würden wir ihnen zu
nahe kommen. Sterne, die die Gezeiten verursachten, die uns weiter
und weiter fortrissen.

Ich war zu sehr darin versunken, als dass ich die Dinge, die ich
niederschrieb, als peinlich empfunden hätte.

Der dritte Charakter, ein Verrückter, den ich mir als einen
entthronten Imperator vorstellte, war für den Moment völlig aus der
Geschichte verschwunden. Ich würde später Verwendung für ihn
finden, zuerst musste ich tiefer in die Leidenschaft zwischen den
Hauptfiguren eintauchen. Ich wollte, dass die Leser jedes Sandkorn
fühlten, während die Liebhaber immer tiefer in ihre Umarmung
versanken. Ich wollte, dass die Leser jeden einzelnen Kuss spürten.

Diese neue Leidenschaft ließ ein leicht seltsames Gefühl in
mir zurück. Nachts starrte ich in die Dunkelheit meines Zimmers,
während mir der Überdruss meines täglichen Lebens wieder bewusst

wurde. Ohne Curtis, welcher immer wieder für Ablenkung gesorgt hatte, wurden meine leblosen Wände noch viel deutlicher. Dennoch hatte er nie wirklich Farbe eingebracht, eher nebelhafte Bewegungen. Es war Brock gewesen, der mich völlig zerrüttet hatte. Er hatte meine Listen und Routinen völlig durcheinandergebracht. Was sollte ich ohne sie tun? Meine Listen erdeten mich. Was, wenn Bock und ich uns nie wieder auf so intime Weise berühren würden? Was, wenn unser Regelbruch in den Hügeln um Adbury eine einmalige Sache gewesen war? Ich würde ein Mann ohne Farbe, Ziel oder Liebe werden. Oder Leidenschaft. Vor allem Leidenschaft. Jetzt, da ich sie gefunden hatte, wollte ich nicht mehr ohne sein.

EIN PAAR Tage waren vergangen und wir nutzten jedes Mittel – Telefon, Chat, SMS und E-Mail – um zu flirten. Ich war erleichtert, dass Brock es nicht als ein einmaliges Techtelmechtel ansah, so wie ich es befürchtet hatte. Im Zuge unserer täglichen Diskussionen über mein neues Buch (er war immerhin mein Lektor) fragte Brock mich, ob ich ihn über ein Wochenende besuchen und bei ihm übernachten wollte. Obwohl er die kommenden Wochen gemeint hatte, hatte ich in dem Moment als er diese Idee aufbrachte, schon das kommende Wochenende ins Auge gefasst.

„Sicher!" schrieb er zurück. „Dieses Wochenende wäre großartig." Und er krönte die Nachricht sogar noch mit einem sehr fröhlichen Smiley.

Ich sprang regelrecht die Stufen hinunter, um es Janey zu erzählen. Sie saß mit perfekter Körperhaltung und einer Ausgabe der Bibel am Küchentisch. Ihr Outfit war einzigartig für sie. Sie hatte ihre Haare zu einem Pferdeschwanz hochgebunden und trug eine Brille, die aus den Sechzigern zu kommen schien. Ich hatte diese Brille seit ihrer Zeit im College nicht mehr gesehen, was vermutlich die Tatsache erklärte, dass sie ihre Augen immer wieder zusammenkniff. Das Rezept für ihre Gläser hätte wohl erneuert werden müssen. Von irgendwo aus den Untiefen ihres Schrankes hatte sie eine weiße

Bluse, einen schlichten schwarzen Rock und schwarze Schuhe herausgezogen. Ihre Beine waren an den Fußknöcheln überkreuzt.

„Was ist denn hier los?" Meine Begeisterung über meine neuen Pläne fürs Wochenende wurden ziemlich gedämpft und das lediglich, weil ich sie ansah. „Hast du dich ohne sie bekehren lassen?"

„Es ist alles Teil meiner neuen Strategie", meinte sie. „Ich werde einfach so fromm wie sie aussehen. Vielleicht sogar andächtiger. Sie werden sich wohler fühlen, wenn sie denken, dass sie eine größere Chance haben ihre Quote zu erfüllen."

„Du siehst wie ein unartiges Schulmädchen aus, Schätzchen. Du wirst ihnen heilige Ständer verpassen."

„Ich sehe sittsam aus, verdammt!" Sie knallte die Bibel auf den Tisch. Feed, die uns von der Tür aus beobachtet hatte, jagte ins Wohnzimmer. Janey lehnte sich im Stuhl zurück und sah mich eingehend an. „Was ist mit dir? Du siehst … glücklich aus."

„Ich bin am Wochenende nicht da." Ich setzte mich ihr gegenüber an den Tisch. „Ich werde mich mit Brock treffen."

„*Ach wirklich?*" Sie zog das Wort stichelnd in die Länge. „So früh nachdem du Curtis verlassen hast?"

„Ist es so früh? Ich habe nicht darüber nachgedacht. Aber es ist ja nicht so, als würde ich eine Hochzeit planen."

„Es ist ein wenig ungewöhnlich für dich. Das ist alles, was ich damit sagen will. Du bist eigentlich nicht der Typ für plötzliche Veränderungen. Alles läuft immer nach Plan."

„Ich denke, ich versuche spontaner zu sein."

Ihre Augen waren durch die Brille groß und stechend. „Also, was sind du und Brock eigentlich? Wie steht ihr zueinander, meine ich."

Ich musste darüber nachdenken, denn ich war noch nie in so einer Situation gewesen. Alles und jeder den ich kannte, hatte ein kleines, nettes Etikett. Dinge und Menschen trugen unsichtbare Anhänger.

„Ich weiß nicht."

„Und diese Ungewissheit ist okay für dich?", fragte sie mit analysierendem Ton.

„Ich weiß es nicht. Ich denke, dass ich damit zurechtkommen muss. Aber ich denke, es stört mich nicht wirklich."

„Du kannst dich nicht selbst belügen. Du musst ehrlich bleiben."

Ich taxierte sie. „Ist das etwas, was sie dir in der Kirche beibringen? Oh, warte. Du warst nie in der Kirche."

„Flittchen. Wechsel nicht das Thema. Es geht hier nicht um meine Sünden, sondern um deine. Und du bist schwul. Damit sind deine Sünden, den Zeugen Jehovas zufolge, ohnehin schlimmer als meine."

AN DIESEM Wochenende traf ich Brocks besten Freund, einen heterosexuellen Scherzkeks namens Bo Penn. Ich erinnere mich, dass ich mir gedacht hatte, dass der Name erfunden wirkte. Wie der böse Junge aus einem Teeniefilm, mit heißen Autos und Rebellion. So gesehen klang Logan Brandish auch nicht unbedingt wie ein richtiger Name.

Nach meiner Ankunft in Brocks Hochhausapartment inmitten der Stadt (sehr nett und so ziemlich wie ich es mir vorgestellt hatte, mit ausgesuchten Möbelstücken und geschmackvollen Kunstwerken) hatten wir überwältigenden Sex. Ehrlich gesagt, fielen wir sofort übereinander her. Kaum hatte ich das Apartment betreten, lag meine Kleidung mitsamt meiner Tasche auf dem Boden. Es gab Momente wo ich mich fragte, woher diese ganze sexuelle Energie kam, die sich im Laufe dieses Wochenendes freigesetzt und wo sie sich die ganzen Jahre über versteckt hatte. Ich war wie eine Waffe. Er berührte mich und ich ging ab. Wenn er mich ansah, war ich schon halb erigiert. Ich war in einem ständig erregten Zustand, mein Körper war heiß und prickelte.

Bo klopfte an die Tür, als wir beide völlig erschöpft und zu nichts mehr imstande waren. Bo war ein ziemlich breiter Kerl und hatte die Statur eines Footballspielers. Er war nicht übergewichtig, aber er war etwas nachlässig, wenn es um seinen Körper ging. Er bedrohte ihn richtiggehend: *„Noch eine Woche Pizza und Bier und es ist zu Ende!"* Er hatte diese hochmütige Art, wie sie viele heterosexuelle Männer hatten, die noch nie wirklich zurückgewiesen wurden. Männer seiner Art gab es wie Sand am Meer in meinem Leben. Jeder schwule Mann im mittleren Westen wird dir das gleiche sagen: könnten wir nur ein einziges Mal dieses unverdiente, arrogante Selbstbewusstsein haben… Er kam mit langen, schweren Schritten ins Apartment, mit einem Kasten Bier, als würde er auf eine Party gehen. Er lächelte einnehmend – er hatte ein schönes Gesicht und blondes Haar.

„Wer bist du dieses Mal?", fragte er, als er meine Hand ergriff, um sie zu schütteln.

„Ich verstehe nicht ganz."

Bevor Bo antworten konnte, lenkte Brock ihn ab. „Das hier ist Logan. Ich habe dir von ihm erzählt." Er nahm ein Bier von Bo.

Bo sah uns beide an. „Ihr zwei habt wie die Kaninchen gevögelt, nicht wahr?" Er grinste breit. „Gebt es zu!" Er stieß Brock in die Seite. „Gebt es zu! Ihr versucht Kinder zu kriegen!"

Brock lachte, als wäre das das Witzigste gewesen, was er jemals gehört hatte.

Ich begriff plötzlich, dass ich für den Rest des Abends wohl nur mit verheißungsvollen Blicken rechnen sollte. Diese zwei waren dicke Freunde. Bruder vor L… Nun, wir alle kennen den Rest dieses taktlosen Spruchs.

Bo lehnte sich zu mir herüber und fuhr mir über den Bauch. „Verdammt, Brock! Hast ihn gut gerammelt, das sind Zwillinge!"

Ich konnte mich nicht mal zu einem Lächeln zwingen.

Der Moment, wo ich realisierte, dass ich Bo überhaupt nicht ausstehen konnte, kam bald nachdem Brock mir ein Bier reichte. Wir sahen uns den Sportkanal ESPN auf Brocks riesigem Fernseher an. Bo tat dabei seine Meinung zu einem Spiel kund, welches er zuvor an diesem Tag gesehen hatte und an sich gar nichts mit dem laufenden zu tun hatte.

(Bevor ich weiter erzähle, muss ich bei Brocks Körper noch etwas ins Detail gehen. Es gibt einen Grund dafür, versprochen. Brock hatte eine ziemlich gut definierte Brust. Brustmuskeln, die einfach Blicke auf sich zogen. Ich bot sogar an, mit ihm Joggen zu gehen, nur um sie in Bewegung zu sehen. Wenn er seine Arme verschränkte, hatte er ein Dekolleté.)

Bo, als er gerade ein Bier von Brock gereicht bekam und noch immer über sein Geisterspiel plauderte, griff mit der freien Hand an Brocks Brust und begann sie zu drücken, selbst als er noch plauderte und trank. Es war ein seltsamer Anblick, wie eine unabsichtliche Bewegung. Keiner von ihnen schien sich daran zu stören. Und bitte versteht, liebe Leser, dass wenn ich „knetete" sage, ich von wirklich starkem Kneten spreche. Ein fester Griff und eine tiefe Massage. Man hätte es als etwas Sexuelles auffassen können, wenn es mich nicht so sehr an die Milchfarm meines Großvaters erinnert hätte.

Brock musste meinen Blick bemerkt haben, denn er streifte Bos Hand ab.

„Wir kennen uns schon ewig", meinte er, als würde er mir eine Erklärung schulden.

„Keine Sorge, Chef", sagte Bo. „Du verstehst den Bo-Text nicht. Ich will ihn nicht vögeln. Ich bin so hetero, wie es nur geht. Ehrlich. Aber er hatte schon immer so nette Titten. Kein Mann, ob schwul oder hetero, kann einen guten Vorbau ignorieren, richtig?"

Diese peinliche Situation hatte mich stumm werden lassen. Der Moment fühlte sich wie ein Unentschieden zwischen mir und Bo an. Keiner von uns wollte auch nur blinzeln.

„Was haltet ihr davon, wenn wir austrinken und zur Bar gehen?", bot Brock an.

Die Bar, die damit gemeint war, war ein schmales Gebäude etwas abseits der Straße – genau in die Lücke gebaut, von der man immer hörte. Sie hieß Stan's und roch gar nicht einmal so unangenehm nach Bier und Hamburgern. Sie war nur schwach beleuchtet, überfüllt und sehr laut. Da wir keine Nische und keinen Tisch finden konnten, standen wir zunächst an der Bar und verschwendeten dabei unsere Vierteldollar an einer Quizmaschine. Wir schlugen uns gut in den Bereichen Entertainment und Sport, aber Politik brach uns fast das Genick. Ich war in der Musikkategorie am besten (aus irgendeinem seltsamen Grund gab es keine Literaturkategorie).

„Wie kannst du den ganzen Scheiß wissen?", wurde ich von Bo gefragt. „Den ganzen Scheiß über Musik."

Ich hatte keine Antwort für ihn. Ich wusste es einfach. Ein kleines Detail war mit einem anderen verbunden, welches wieder mit einem verbunden war und so weiter. Leonard Cohen hatte „Hallelujah" geschrieben, was von Jeff Buckley gecovert worden war, welcher beim nächtlichen Schwimmen ertrunken war, et cetera, et cetera.

Als wir endlich einen Tisch fanden und unsere Drinks erhielten, war es noch immer so voll wie am Anfang. Zu diesem Zeitpunkt hatte Brock schon zwei Verehrer, in Form zweier heftig betrunkener junger Männer; Landeier, die den Heiratsantrag eines der beiden feierten.

„Er wird heiraten!", lallte der eine, mit einem Arm um den Hals seines Freundes hängend. Dabei brachen sie in Gejohle und Gebrüll aus, was vielleicht auf dem Land gut angekommen wäre, aber in einer Bar in der Großstadt ziemlich verdächtig wirkte.

Sie starrten Brocks Arme an und fragten ihn, ob er seine Muskeln spielen lassen könnte. Er stimmte zu, damit sie abhauten, aber so wie sie reagierten, hätte man denken können, dass sie sich in einem Stripclub befanden. Ich empfand Mitleid für das arme Mädchen, das einen der beiden heiraten würde.

„Alle Jungs lieben Brock." Bo stieß meinen Ellbogen ein wenig an, während Brock die zwei Männer beruhigte. „Der Typ ist ein Stadtmensch. Er wird öfters flachgelegt als jeder andere den ich je gekannt hab', egal ob schwul oder hetero."

„Wirklich?", fragte ich über den Lärm der Menge hinweg.

„Oh ja. Ich werde manchmal echt neidisch. Er hat das Sexleben, das ich will. Na gut, minus der Kerle, natürlich."

„Natürlich." Mein Herz sank mir in die Magengrube. Brocks Freund nach, hatte ich bei unserem ersten Treffen in meiner Annahme über Brock richtig gelegen. Ich war nur ein weiterer netter Kerl.

„Hat er noch immer Kontakt zu einem der anderen Männer?"

„Ich denke schon, ja. Man weiß ja nie, wann man eine Pussy braucht, nicht wahr?" Er stieß mich erneut und mit mehr Kraft an. „Warum? Willst du was Ernstes?"

„Nein. Nein. Überhaupt nicht."

„Nun, das ist gut." Er sah völlig ernst aus. Der spielerische Kerl war verschwunden. „Denn er braucht nichts Ernstes. Nicht jetzt. Verstehst du den Bo-Text?"

Die zwei Landeier hatten sich mittlerweile völlig zum Affen gemacht, dadurch dass sie zu kuschelig mit Brock geworden waren. Sie hatten sich von unserem Tisch entfernt. Ihr Gejohle hatte einige Tischnachbarn verärgert und es war zu einigen Beschimpfungen und zu einem kleinen Handgemenge gekommen. Brock sah mit einem Schulterzucken und einem schiefen Grinsen zu mir herüber. Ich versuchte zurück zu lächeln, aber dank des Knotens in meinem Hals klappte es nicht so wirklich.

Der nächste Tag war schon besser. Bo war nirgends zu sehen und ich hatte Brock ganz für mich. Wir verbrachten den Tag ziemlich faul, in die Bettlaken gewickelt und mit laufendem Fernseher. Wir knutschten bis in den Nachmittag, ehe wir chinesisches Essen bestellten. In meinem Hinterkopf hallten Bos Worte wider. „Alle Jungs lieben Brock." Und er hatte es gesagt als wüsste er, dass ich nur ein weiterer in dieser langen Reihe war. Oder als wollte er mich glauben lassen, dass ich nur einer von denen war. Aber ich hatte etwas in Brocks Augen gesehen. Etwas, das mit zeigte, dass es anders war als Bo androhte.

Ich dachte mir, ob es denn nicht wunderbar wäre, wenn alles einfach so perfekt laufen würde? Wie Linien auf einer Seite. Wie eine durchnummerierte Liste. Wie ein Geschenk. Alles, was ich je gewollt und nie so gekannt hatte.

Wir sahen uns in dieser Nacht einen Film an statt auszugehen. Brock hatte einen Club erwähnt, aber ich wollte ihn nicht wieder mit jemand anderem teilen. Es war kindisch von mir, das weiß ich, aber Bo hätte das gleiche getan, wenn er in meiner Position gewesen wäre. Ich war hier, um bei Brock zu sein und nicht um das Nachtleben kennenzulernen. Ich versuchte, nicht zu viel Schadenfreude zu empfinden, als Brock seinem Freund am Telefon absagte.

Etwas Seltsames passierte, während wir den Film schauten. Mein Kopf war an Brocks Schulter gelehnt und als der Film endete, begann ich zu weinen. Ich hatte seit Jahren nicht mehr während eines Filmes geweint, besonders bei keiner mittelmäßigen romantischen Komödie. Ich hatte nicht gedacht, dass es für mich noch möglich gewesen wäre zu weinen. Ich war kein herzloser Mensch. Es hatte Filme gegeben, die ich durchaus als berührend empfunden hatte. Aber wegen eines Filmes zu weinen war etwas völlig Unerhörtes. Und doch, es passierte einfach. Ich wischte die erste Träne mit einem solchen Schock weg, dass ich genauso gut nach einer Fliege oder einer nervenden Mücke hätte schlagen können.

„Alles in Ordnung?", fragte Brock sanft, während er mir durch die Haare strich.

„Ja, ich denke schon. Ich will dich etwas fragen. Letzte Nacht hat Bo gesagt …"

„Ich stoppe dich genau hier und jetzt. Hör nicht auf das, was Bo sagt. Er liegt zu neunzig Prozent daneben. Er glaubt mehr zu wissen, als er es wirklich tut."

„Wirklich?"

„Wirklich. Hat er etwas gesagt, was dich beunruhigt hat?"

„Nein. Es war nur der Film."

„Bist du dir sicher?"

„Ganz sicher. Es war der Film."

# 5

NACH MEINEM Wochenende bei Brock bemerkte ich, dass meine blauäugige Zuversicht, über eine mögliche zukünftige Beziehung mit ihm, schwand. Die Schlussfolgerungen, die ich übereilt getroffen hatte, waren nun wackelig geworden und es wurde nur schlimmer, da ich ihn so sehr wollte. Ich hatte schon vorher Dinge gewollt, aber nie so wie jetzt.

Meine Furcht war reine Schikane. Zunächst war es nur ein Ziehen im Magen und ein „aber" am Ende jedes wunderbaren Gedankens gewesen. Bald darauf wurde es zu einem Zähneknirschen, zu Appetitverlust und – als die Tage mit nur wenigen Worten über das Wochenende vergingen – sehr wenig Schlaf. Ich war rastlos, ein Gefühl wie ich es mit Curtis nie erlebt hatte. Es fühlte sich unsicher an und nicht unbedingt anregend. Als wäre es mein erster Tag auf dem Hochseil. Es musste nicht erwähnt werden, obwohl ich es trotzdem tun werde, dass es sich auf mein Schreiben auswirkte. Ich hatte eine Schreibblockade. Ich konnte nur noch an Brock und sein Schwanz denken.

Ich kickte Seite um Seite aus meinem neuen Buch heraus, benutzte die Löschen-Taste viel öfter als irgendeine andere. Man konnte meine Geschwindigkeit anhand dieser Taste nachvollziehen. Ich wollte alles und jeden für meine fehlende Inspiration und nachlassenden Fähigkeiten verantwortlich machen. Ich schrieb einen ziemlich wütenden Brief an die Dell Corporation, in dem ich mich über den Laptop, den ich schon seit drei Jahren benutzte, ausließ – als wäre er Grund meines mangelnden Fortschrittes. Der Brief war so ziemlich das Beste, was ich in dieser ganzen Woche geschrieben hatte. Und obwohl ich ihn nicht abschickte, fühlte es sich gut an ihn nur für den Fall abzuspeichern. Wut, so hatte es mein Vater immer gesagt, ließ man am besten verkorkt reifen. Manchmal bezweifelte ich seine Weisheit.

Nach Stunden, ohne etwas erreicht zu haben, war ich davon überzeugt, dass der Laptop mich verflucht hatte. Tatsächlich wurde mir sogar einmal ein Bluescreen-Fehler angezeigt. Der Bluescreen-Streik schadete meiner Arbeit kaum, da ich in dieser Nacht fast nichts geschafft hatte, aber darum ging es auch gar nicht. Mein noch relativ respektvolles Benehmen hörte damit auf und ich begann, auf die Tastatur einzuschlagen, als wäre ich ein besessener Pianist, der am Flügel wütete. Ich prügelte besinnungslos auf die Tasten ein. Als meine Wut endlich verraucht war, fehlte die U-Taste. Ich fand sie nie wieder.

Ich ging ins Bett, noch immer durch den Wind und verstört darüber, dass ich auf den Laptop eingeschlagen hatte (sollten die Maschinen je die Welt übernehmen, würde mein Verhalten gerächt werden). Ich war enttäuscht darüber, dass ich nichts geschafft hatte, aber vor allem war ich davon enttäuscht, dass ich wohl Brock enttäuscht zu haben schien. Ich war nicht das, was er brauchte, jedoch war ich mir sicher, dass er das war, was *ich* brauchte. Wie ich einschlief, noch dazu nach mehreren Schlaftabletten, würde ich wohl nie herausfinden.

Ich wachte zwei Stunden später auf und öffnete mein Manuskript. Inspiration, das muss jeder Schriftsteller lernen, braucht eine Weile, bis sie vollständig erblüht ist. Wenn das der Fall ist und sollte man davon mitten in der Nacht aus tiefstem Schlaf gerissen werden, muss man ihr folgen. Man muss sich aus dem Bett quälen und schreiben. Bis zum Morgen würde die Idee nur noch eine entfernte Erinnerung sein, sollte sie überhaupt noch existieren. So begann ich zu schreiben, noch immer weggetreten und unter dem Einfluss der Schlaftabletten.

Ich könnte nicht mehr sagen, was genau ich geträumt hatte. Nur Bruchstücke sind noch in meiner Erinnerung zurückgeblieben. Während ich schrieb war der Traum noch stark präsent, wohl weil ich noch immer halb im Schlaf gefangen war. Nicht jedes Teilstück des Traumes floss in mein Schreiben hinein, doch bediente ich mich an Ideen, die nicht wirklich Teil des Traumes, aber davon inspiriert waren.

Die Bruchstücke, an die ich mich am besten erinnern konnte und welche es nicht ins Manuskript schafften, hätten sicherlich für etwas Erotisches verwendet werden können. Es kamen Männer darin vor. Viele Männer und sie waren alle in einer Festung. Ich war in ihrer Mitte, hoch oben auf einer Festungsmauer. Der Himmel war rot und orange verfärbt. Der Hintergrund zeigte Umrisse und Schatten, aber was in Sichtweite war, wirkte abgerissen und hart. Die Männer waren zum größten Teil nackt – sie trugen nur Ledergürtel oder Schulterriemen für Messer und Waffen, manchmal trugen sie schwere Stiefel. Sie waren alle muskulös und viele von ihnen hatten Bärte. Ihre Haare waren dunkel und ihre Augen mit kühler Grausamkeit erfüllt. Mir erschien es, als wäre das ein barbarischer Stamm, inmitten eines Krieges. Muskulöse, nackte Körper, manche zerhackt und kopflos, lagen überall im Fort. Unten an der Mauer lagen noch mehr Leichen und auf der anderen Seite eines pechschwarzen Flusses kam eine weitere Horde Männer näher.

Hinter mir sah ich eine Gruppe meiner Männer in zwei Reihen dastehen, einer hinter dem anderen. Sie standen auf einer noch höheren Festungsmauer, wirkten entschlossen und zum Kampf bereit. Und ab diesem Punkt wurde es seltsam. Jeder einzelne der Männer hatte eine Erektion, manche davon sahen schon schmerzhaft hart aus und andere schimmerten bereits mit kleinen Tropfen, während die Schlacht noch weiterging. Die vordere Reihe der Männer ließ sich in den Schößen der hinteren nieder, nahmen dabei den Schwanz des Hintermannes in sich auf. In einem einzigen Donnern, ohne Stoßen oder jegliche Bewegung, schrien die hinteren Männer im Einklang auf, während die vorderen in die Luft katapultiert wurden. Sie flogen, gefolgt von Bächen brillanten Weiß, auf die kampferfahrenen Barbaren zu, die auf das Fort zustürmten.

Natürlich wurde das nicht in mein Manuskript aufgenommen. Was hätte man sonst von mir gedacht?

ER HOB eine Augenbraue. „Was zum Teufel ist das?"

Brock hatte gerade meine neuesten Veränderungen und, so glaubte ich jedenfalls, brillanten Erweiterungen zu *Im Auge der eifersüchtigen Götter* gelesen. Ich war bereit mit Lob überschüttet zu werden.

„Was bei Helen Mirren hast du mit deinem Buch getan?"

Ich fühlte mich plötzlich wie ein enttäuschendes Kind, als ich in dem dick gepolsterten Stuhl in Brocks Büro saß. Ich hatte ein strahlendes Lächeln aufgesetzt, seit ich herein gekommen war, da ich völlig überzeugt gewesen war, dass ich das Bestmögliche geliefert hatte. Mein Lächeln verblasste nun.

„Du magst es nicht? Ich habe die ganze Woche daran geschuftet. Ich hatte kaum Schlaf. Die Inspiration hat mich erwischt und ..."

„Es ist gut geschrieben, aber es ist unglaublich deprimierend. Wie soll ich das bitte verkaufen? Du hast einen Hauptcharakter auf halbem Weg getötet."

Es stimmte. Ich hatte es tatsächlich getan.

„Aber denkst du nicht, dass es gut gemacht ist? Jetzt, da Maximus aus dem Weg ist, gibt es so viele verschiedene Wege die Geschichte fortzuführen."

„Ja, es ist gut geschrieben. Aber für den Typ Buch, den du eigentlich schreiben wolltest und den du uns versprochen hast, funktioniert das nicht ganz. Die eine Hauptfigur in einer Romanze darf von der anderen nicht so manipuliert und betrogen werden. Die Leser werden das nicht verzeihen. Und was noch schlimmer ist, du lässt den armen Kerl beim Fischen in einem Sog ertrinken. Er bekommt keine Pause, während Flavius, mit einem verrückten Mann, auf die andere Seite der Insel hinüber tanzt."

„Einem heißen, verrückten Mann", warf ich ein, als würde es einen Unterschied machen.

„Ein heißer, verrückter Mann. Ja. Der heißeste verrückte Mann seit Gorgeous McCrazy-butt. Okay? Aber darum geht es hier nicht ..."

„Das ist nicht einmal ein richtiger Name ...", murmelte ich.

Brock sah überhaupt nicht glücklich aus, aufgrund meines sturen Verhaltens. Während ich ihn beobachtete, schien er plötzlich ein Bösewicht in seinem großen Bürostuhl zu werden. Ein großer Lionel Barrymore-artiger Bösewicht, der es auf mein literarisches Meisterwerk abgesehen hatte. Sein Blick schien mich durchbohren zu wollen. Wenn er Feuer gespuckt hätte, hätte es mich nicht überrascht.

Ich wollte mit ihm schlafen.

„Logan." Er hätte die Worte genauso gut zischen können. „Schreib es noch mal. Kehr zu diesem romantischen, leichten Ton zurück. Das ist es, was jeder von dir erwartet. Darin bist du gut."

„Die Leute lassen ständig Hauptcharaktere mitten in Büchern sterben." Allerdings hätte ich zu diesem Zeitpunkt kein Beispiel nennen können.

„Nicht in so einem Buch. Es gibt Muster, die befolgt werden müssen. Du schreibst hier nicht *L.A. Confidential*." (Ha! Es gab also doch ein Beispiel.) „Kevin Spacey kann nicht mitten in deiner Romanze getötet werden."

„Erstens war Kevin Spacey nicht in dem Buch, nur sein Protagonist und zweitens würde ich nie Kevin Spacey in mein Buch einbauen."

„Ich trete dir in den Hintern, wenn du nicht erwachsen wirst."

Ich war mir sicher, dass er es so meinte. Ich erinnerte mich an die Terry Gomez Geschichte und wurde still. „Fein."

„Gut." Brock kehrte zu seiner vorherigen Ruhe zurück. „Jetzt zu etwas anderem. Bist du auf die Autogrammstunde am Wochenende vorbereitet?"

Der Verona College Bookstore (Adbury hatte keine eigene Buchhandlung) veranstaltete das Event. Ich war kein Fan von Autogrammstunden, sie waren ein Widerspruch zu meinem zurückgezogenen Lebensstil. Über Leute zu schreiben war ja ganz witzig, aber sie zu treffen? Es war anstrengend. Autogramme zu geben fühlte sich immer in etwa so an, als würde man darauf warten, in der Turnstunde in eines der Teams aufgenommen zu werden. Es ging dabei um die Popularität, um die Bekanntheit. Es zeigte sich dabei, was die Leute vom Autor und seiner Arbeit dachten. Es war gut, ein paar Personen in der Nähe solcher Veranstaltungen zu kennen, da man davon ausgehen konnte, dass sie auftauchen würden. Die Verkaufszahlen der letzten Jahre spielten dabei keine große Rolle. Die Leute konnten zwar die Arbeit eines Autors lieben, aber nicht einmal zwei Fußnoten darauf verschwenden ihn auch wirklich getroffen zu haben.

„Ich denke, ich bin bereit."

„Mach dich schick." Er zwinkerte. „Du bist hübsch, also nutz' das zu unserem Vorteil."

Das Treffen war bald danach vorbei. Er gab mir einen schnellen Kuss, bevor er die Bürotür öffnete und mich auf den Gang hinausließ. „Es tut mir leid, dass ich so gemein geworden bin."

Als ich ging, konnte ich nur noch an Brock denken, wie überwältigend und gereizt er ausgesehen hatte. Wie ein rachsüchtiger griechischer Gott lauerte er hinter seinem Bürotisch. Ich hätte ihn weiter reizen sollen. Ich wollte, dass er seine Wut an mir ausließ. Und ich wollte es ihm dann heimzahlen. So sehr, dass man uns reanimieren müsste.


JANEY WAR wie eine Spinne. Sie hatte ihr Netz gesponnen und zwei der schönsten Mormonen zu sich gelockt, die ich je gesehen hatte. Sie saßen mit ihr am Küchentisch, mit geradem Rücken, sauber gestutzten Haaren und perfekt weißen Hemden. Janey hatte sich wieder so sittsam wie vor einigen Tagen angezogen, nur diesmal mit einer anderen Brille, einer mit zugespitzter Fassung und ihre Haare waren in einen Knoten hochgebunden.

Ich nickte ihr zu, um sie wissen zu lassen, dass ich beeindruckt war. Ich war nach unten gekommen, um mir einen Snack zu holen. Es war früher Nachmittag und ich hatte mich mit der Neufassung meiner Geschichte gequält, so wie ich es Brock versprochen hatte. Es war qualvoll, vor allem da ich gedacht hatte, dass es eine der besten Geschichten war, die ich seit langer Zeit geschrieben hatte.

„Möchte sich Ihr Ehemann zu uns setzen?", fragte einer der Mormonen Janey, während ich die Schränke durchstöberte.

Ich hörte ihr Glucksen (Ja, das ist ein Wort). „Nein. Nicht gerade jetzt."

Die Mormonen wussten ganz genau, dass Janey und ich nicht verheiratet waren. Es war, als würden sie es noch einmal betonen. Ich fühlte mich mit einem Mal, als wäre ich mitten in die Aufnahme eines Pornofilmes geraten. *Latter Day Interruptus.* Cliff hatte in einem solchen Film mitgespielt.

„Ich muss noch arbeiten." Ich nahm mir den Rest eines gemischten Salates aus dem Kühlschrank (Mindestens drei der sieben Zutaten waren von Janey völlig verputzt worden) und wandte mich um, um zurück in mein Zimmer zu gehen, als ich Janeys Ruf hörte.

„Das hätte ich fast vergessen!" Sie hob ihre Hände in einer dramatischen Geste (Sie trug nicht einmal Nagellack). „Entschuldigt mich." Sie stand auf, strich ihren schwarzen Rock glatt und kam auf ihren High-Heels auf mich zu.

„Nett." Ich grinste wissend.

„Ich weiß." Wie bereits gesagt, eine liebliche Spinne. Sie frisst ihre Männer nach dem Sex. „Du hättest sehen müssen, was ich tun musste, um sie hereinzulocken. Wenn ich mich auf dem Boden gewunden und behauptet hätte besessen zu sein, hätte es nicht so gut funktioniert."

Sie erzählte mir später, dass es sie frustriert hatte übersehen zu werden, dass sie auf die Veranda gestürmt war und den zwei vorbeigehenden Männern einen Vers an den Kopf geworfen hatte:

*Sei Er gütig oder rachsüchtig, der Junge*
*konnte es nicht sagen,*
    *Gott war Gott, der Himmel der Himmel und die*
*Hölle die Hölle,*

*Die Engel sahen zu, schockiert, sie kannten*
*ihren Gott so nicht,*
*„Du bist ein Idiot" meinte der Junge, und trat*
*Gott zwischen die Beine.*

Ich denke, sie hat es selbst geschrieben. Die Männer dachten, Janey wäre am Rande eines spirituellen Zusammenbruches und kamen natürlich um sie zu retten. Sie gab sogar vor ohnmächtig zu werden, um sie ins Haus zu locken.

„Ich habe ein Date für dich." Endlich kam sie auf den Grund zurück, warum sie mich zurückgehalten hatte.

„Ein Date? Janey, ich date gerade nicht."

„Und das ist Brocks Schuld. Er ist dein Un-Date. Du musst über ihn hinwegkommen. Außerdem klingt der Typ nett."

„Klingt? Du kennst ihn also auch nicht?"

„Nein. Aber er wurde empfohlen. Er ist ein Coach am Verona College. Das könnte Spaß machen, nicht wahr?"

„Ich weiß ja nicht, Janey."

„Ach komm, versuch es wenigstens." Sie gab mir einen leichten Stoß. Eigentlich wollte sie mir lieber einen spielerischen Schlag geben, aber sie wollte wohl nicht, dass die Mormonen dachten, sie sei eine gewalttätige Person.

„Na gut. Wann?"

„Morgen Nacht."

„Morgen?" Meine Stimme war etwas zu laut und die Jungs sahen besorgt zu uns herüber.

„Wir reden später, Schätzchen." Sie grinste leicht und tänzelte mädchenhaft zum Tisch zurück.

Ich warf den Salat in den Mülleimer und ging auf mein Zimmer.

AM FOLGENDEN Abend traf ich mein Date in einem teuren italienischen Restaurant. Ein Ort, an den ich sonst nie gegangen wäre. Ich fühlte mich dort einfach nicht wohl. Seinem Gesichtsausdruck nach fühlte er sich genauso unwohl. Ich wunderte mich, warum er dann überhaupt so ein Restaurant gewählt hatte. Wenn er mich beeindrucken wollte, war das nicht die richtige Strategie.

Er saß bereits am Tisch und stand etwas zu schnell auf, um mir seine Hand zu reichen. „Ich bin Lenny." Ich stellte mich ihm vor. Wir schüttelten uns etwas peinlich berührt die Hände. Er schwankte ein wenig, als würde er versuchen die Anstandsregeln für ein Date zu verstehen. Als ich mich gesetzt hatte folgte er endlich meinem Beispiel.

Er sah recht durchschnittlich aus. Ein wenig wie Curtis, nur dass sich schon die ersten Anzeichen einer Glatze zeigten. Er war wie ein Verbindungsstudent gekleidet und sah überhaupt ein wenig verknittert und übereilt angezogen aus. Ich bemerkte ein wenig Schweiß auf seiner Stirn. Er sah mich erwartungsvoll an, als wartete er darauf, dass ich das Gespräch begann. Mir fiel allerdings nichts ein.

„Du riechst gut. Du musst noch geduscht haben, bevor du hergekommen bist."

„Danke. Ich versuche, nicht zu viele Leute zu verärgern. Also… du arbeitest am College?"

Ich bemerkte, dass er sich leicht entspannte. „Ja. Ich bin der stellvertretende Coach des Footballteams."

„Das Team schlägt sich gut?"

„Ja, wirklich gut. Nun, äh, wir haben ein großartiges Team dieses Jahr."

Das dauerhafte Schweigen wurde nur von der Kellnerin durchbrochen, die unsere Bestellung aufnahm. Lenny zappelte herum, sein Bein zuckte nervös. Es ließ das Silberbesteck auf dem Tisch klirren. Wir bestellten, ohne uns miteinander zu unterhalten. Die Kellnerin, eine junge Frau aus dem College, warf mir einen mitfühlenden Blick zu, ehe sie den Tisch verließ.

„Du bist ein Autor. Ich lese nicht wirklich. Ich meine, was soll das nach der Schule noch nützen?"

„Ich lese gerne." Das war alles, was ich auf so ein gedankenloses Kommentar antworten konnte.

Wir verbrachten die nächsten zehn Minuten damit, etwas Interessantes in unserer Umgebung zu finden. Etwas, worüber wir uns unterhalten konnten. Aber die versuchte Ungezwungenheit war zum Scheitern verurteilt.

Das Essen wurde serviert und der Tisch erzitterte noch immer. Ich versuchte, das Gespräch wieder anzutreiben – über unsere Kindheit, Bildung, Lieblingssongs – aber wir hatten nur wenig gemeinsam. Es half auch nicht, dass Lenny scheinbar einsilbige Antworten bevorzugte. Es war, als würde er nicht einmal versuchen, das Gespräch am Leben zu halten. Diese Annahme war wahrer, als ich gedacht hätte.

Da wir erwachsene Männer in einem kleinen, schicken Restaurant waren, hatte man uns an einen kleinen Tisch gesetzt. Daher gab es nicht viel Beinfreiheit. Jedes Mal, wenn mein Bein versehentlich seines streifte, wurde das Beben des Tisches schlimmer.

„Alles in Ordnung?" Ich war ziemlich besorgt, dass er vielleicht einen Krampanfall hatte.

„Mir geht es gut. Mir g-geht es gut." Er trank einen großen Schluck Wasser, immer mehr Schweißperlen sammelten sich auf seinem Gesicht.

Als ich mein Bein zurückzog, strich es wieder an Lennys vorbei. Er sprang auf, weiß im Gesicht und völlig verängstigt, als würde ich eine Waffe an seinen Schritt halten. „Ich bin nicht schwul!", rief er.

Alle sahen zu uns herüber. Ich war zutiefst beschämt.

„Was?"

„Ich bin nicht schwul. Also hör auf zu flirten. Du kriegst nichts von dem hier. Ich dachte, ich könnte es schaffen, aber ich kann es nicht. Ich bin nicht schwul."

„Wovon redest du überhaupt? Warum hast du zugesagt, wenn du nicht schwul bist?"

Lenny setzte sich wieder hin, beruhigte sich und beugte sich über den Tisch, als wären seine Worte kostbar und nicht für jedermann bestimmt. „Ich will deine Gefühle nicht verletzen, aber... Mein Freund und ich, wir waren in einer Bar. Er ist der Coach des Teams. Er meinte, ich würde es niemals schaffen, das Interesse eines schwulen Mannes zu erwecken. Dass kein Homosexueller mir einen zweiten Blick schenken würde. Das waren nicht seine genauen Worte, aber es war so gemeint. Nun, ich habe die Wette angenommen. Ich sagte mir, dass ich es sehr wohl schaffen könnte. Also bin ich los und wollte mir einen Schwulen schnappen, um ihm das Gegenteil zu beweisen. Es schien eine gute Idee zu sein, als ich es mir ausgedacht hatte."

Ich legte meine Gabel weg. „Ach? Du bist also mit mir ausgegangen, weil du beweisen wolltest, dass du es kannst? *Du lieber Himmel*! Was wäre wohl passiert, wenn ich an dir interessiert gewesen wäre – was aber nicht zutrifft? Wann hättest du aufgehört und gesagt ‚War nur ein Scherz'?"

„So… so weit habe ich nicht vorausgedacht." Er lehnte sich noch immer nach vorne und sprach in diesem leisen Ton.

Ich sah mich ungläubig nach all den kichernden und glucksenden Gästen um. Die Kellnerin war völlig begeistert von der Darbietung.

„Ich bringe Janey um", murmelte ich. Ich warf meine Serviette hin und stand auf. „Ich könnte dir dafür in den Arsch treten, dass du meine Zeit verschwendet hast." Ich wandte mich zum Gehen, ehe ich, meiner literarischen Natur folgend, noch einmal zu Lenny sah. „Und, Lenny? Dein Freund hatte recht. Du könntest nie einen Schwulen bekommen."


BROCK WAR noch nie am Verona College gewesen, also schlug ich vor, dass wir uns bei mir trafen, um zusammen dort hinzufahren. Er hätte sich nicht verfahren können, wenn er alleine losgezogen wäre. Immerhin hatte er GPS. Nein, es lief darauf hinaus, dass ich so lange in seiner Gesellschaft sein wollte wie nur irgendwie möglich. Es war nur eine zwanzig Minuten Fahrt von mir zum Verona College, aber es waren zwanzig Minuten *mehr*.

Es war ein schöner Tag im frühen September. Die Schule hatte gerade angefangen und die Studenten gingen alleine oder in kleinen Gruppen über den Rasen. Der Campus hatte einen wunderschönen, mit Bäumen gesäumten Garten und man hatte einen umwerfenden Ausblick auf den Fluss. Wenn man dem Fluss über eine kurze Strecke folgte war man in Adbury. Die Klassenräume und Schlafsäle waren im gregorianischen Stil gebaut und im Spätherbst, wenn die Blätter sich verfärbten, wirkte dieser kleine, fast unbedeutende Campus majestätisch und melancholisch zugleich.

Es gab keinen Parkplatz in der Nähe der Buchhandlung, die im Kellergeschoss des zentralen Campusgebäudes gelegen war. So mussten wir in der Nähe des Sportplatzes parken und zu Fuß gehen. Verona war keine Schule von überwältigender Größe und auch der Spaziergang war nicht übermäßig lang. Brock atmete tief ein, als er die Vielfalt, die ihn umgab, aufnahm. Er nahm meine Hand und drückte sie leicht.

„Es ist schön hier." Er sah mir für einen Moment tief in die Augen. Ich hatte den Eindruck, dass er etwas sagen wollte. Doch was auch immer es gewesen sein mochte, er entschied sich dagegen und sah wieder weg, wobei er meine Hand losließ.

Wir hörten ein Fahrzeug hinter uns, etwas Kleines und Brummendes. Es war ein Golfwagen und der Fahrer war eine kleine, blonde Frau mit einem breiten Gesicht und einem straff gebundenen Pferdeschwanz. Sie trug ein gelbes Sweatshirt mit der Aufschrift „Verona College" und eine uralte blaue Jeans. Sie lächelte breit. „Wollt ihr zwei mitfahren? Ich habe genug Platz."

Ich war völlig zufrieden damit, den Rest des Weges zu Fuß zu gehen und wollte schon „Nein, danke" sagen, als Brock sich meldete.

„Sehr gerne!" Er sprang in den kleinen Wagen. Man hätte denken können, dass es eine Achterbahnfahrt werden würde. „Danke. Ich bin Brock, das ist Logan. Er gibt heute eine Autogrammstunde am Campus."

Ich stieg hinter Brock ein.

„Ich bin Coach Katie Hammond. Wart ihr zwei schon mal in so einem Auto?"

„Sicher", sagte ich.

„Nicht in einem wie diesen. Haltet euch gut fest!"

Mit quietschenden Reifen fuhr der Golfwagen, in Richtung Zentrum des Campus, davon. Ich hielt mich, etwas genervt von der Situation, an meinem Sitz fest. Brock dagegen genoss die Fahrt. Katies wilder Fahrstil ließ ihn wie einen kleinen Jungen johlen und lachen und plötzlich war der Vergleich mit dem Vergnügungspark gar nicht mehr so weit hergeholt.

„Yee-haw!", rief er. Er durfte sogar manchmal die Hupe für Katie betätigen.

„Manche der Professoren fordern es einfach heraus. Es geht um Respekt, weißt du. Wenn sie respektieren, dass ich auf der Straße bin, werden sie nicht platt gewalzt."

„Verdammt richtig!", rief Brock.

„Ich mag deinen Stil, Cowboy!", schrie sie zurück.

Brock streckte die Hand zurück zu mir und sein Gesicht war so sehr mit Freude erfüllt, dass es mich zum Lachen brachte. Er schlug mir aufs Knie. „Yee-haw!"

„Yee-haw!", gab ich zurück.

„Yee-haw!", echote Katie.

Katie wies uns freundlicherweise auf die beliebtesten und verhasstesten Fakultäten des Campus hin, als wir daran vorbei rasten. Sie kümmerte sich weder um die Gehsteige noch um Sicherheit. Je nachdem, wie schnell sie fuhr und wie weit sie ging, um Leute aufzuschrecken, konnte man genau sagen, wen sie nicht ausstehen konnte und wie sehr. Ich war mehr als nur ein wenig amüsiert, aber ehrlich gesagt mehr damit beschäftigt im Wagen zu bleiben. Das änderte sich, als ich den assistierenden Footballcoach Lenny sah, mein Nicht-Date von vor einigen Nächten (wofür Janey sich noch immer entschuldigte). Er ging gerade vor dem Campuszentrum über die Straße und ohne ein Wort zu sagen, lehnte ich mich nach vorne und zeigte in seine Richtung.

„Sehr gut, Cowboy, ich hasse diesen Idioten! Kommt, wir kastrieren ihn! Ruft ‚Yee-haw', Jungs!"

„Yee-haw!", riefen wir beide.

Lenny sprang in ein paar Büsche, um dem Wagen zu entkommen und ließ dabei die Pizza fallen, die er gerade in einem Restaurant

71

gekauft hatte. Ich konnte nicht anders, als die Faust in die Luft zu stoßen.

Als Katie uns schließlich aussteigen ließ, war unser Energieniveau merklich gestiegen. Wir dankten ihr mit High Fives und Gelächter.

„Ich werde nachher noch da sein, falls ihr zurückfahren wollt."

„Darauf kannst du wetten, Lady", gab Brock zurück.

Wir gingen die Marmorstufen zur Buchhandlung hinunter, wo bereits ein Tisch vor der Tür aufgestellt worden war. Drei meiner bereits veröffentlichten Bücher und ein Portraitfoto von mir, mit einem ziemlich aufgesetzten Lächeln, standen ebenfalls dort. Es war kein schlimmes Foto, aber ich konnte mich daran erinnern was ich gedacht hatte, als das Foto gemacht worden war: „Ist das gut so? Dieses Lächeln? Zu bettelnd oder nicht bettelnd genug? Warte, das kann ich besser."

Die Autogrammstunde lief im Großen und Ganzen besser als erwartet. Ich war mir nicht wirklich sicher gewesen, ob die Studenten am Verona College mich überhaupt kannten, aber mir wurde das Gegenteil bewiesen. Ein paar Leute aus Adbury kamen vorbei, aber der Großteil waren Mitglieder der Fakultäten und Studierende. Mein Amazon-Verkaufsrang, welcher – wie jeder Schreiber bestätigen kann – irgendwann zu einer Obsession und Teil der täglichen Routine wurde, sobald man veröffentlicht hatte („nur etwas über 1.000.000 heute, *bitte!*"), war in letzter Zeit eine Enttäuschung gewesen. Ich hatte befürchtet, dass sich das in der Autogrammstunde widerspiegeln würde, aber dem war glücklicherweise nicht so.

„Sie lieben dich", hatte Brock mir zugeflüstert, nachdem ich, nicht unbedingt fehlerfrei, ein Kapitel aus meinem dritten Buch *Nichts als Ärger* vorgelesen hatte. Seine Augen waren mit Stolz erfüllt und seine Arme waren vor seiner vorgestreckten Brust verschränkt. Die Tatsache, dass die Menschen während der ganzen Lesung geblieben waren, war keine Überraschung gewesen – immerhin war er die ganze Zeit hinter mir gestanden, als wäre er ein Schutzgott.

Eigentlich wollte ich nicht, dass sie mich alle liebten. Ich brauchte nicht einmal die Liebe *eines* einzigen Fans. Ich begriff, dass ich Brocks Liebe wollte. Das war alles. War ich in ihn verliebt? Ich wusste es nicht. Es gab Momente in denen ich es geschworen hätte. Aber ich hatte nie jemanden geliebt, also hätte ich diese neuen Gefühle mit nichts vergleichen können. Man sagt ja, dass „man weiß, wenn es Liebe ist". Nun, vielleicht im Nachhinein.

# 6

NACH MEINER Autogrammstunde fühlte ich mich ermutigt – nein, inspiriert – zu schreiben. Worte, die in ihrer Eleganz und Poesie Blumen erblühen ließen. Worte mit solcher Schönheit, dass sie den Nachthimmel wie Sterne füllten. Vers um Vers. Ich war mit Worten gesättigt. Jeder Absatz war ein Epos. Maximus war doch nicht gestorben, sondern durch ein Wunder gerettet worden (Auftritt der besorgten Inselgottheit). Flavius war nicht mit Caligula davongelaufen, sondern war entführt worden. Ich schrieb eine Wiedervereinigung für die beiden am Strand, dass es Steine erweicht hätte.

„Das ist kompletter Mist. Was zum Teufel ist los mit dir? Der Stil ist völlig anders als der Stil des restlichen Buches. Warst du betrunken? Oder nicht betrunken genug? Ist es das erstere, hör auf. Ist es das letztere, trink mehr."

Ich konnte kaum glauben, was ich da hörte. Immerhin war jede Silbe diese Wiedervereinigung durch Brock inspiriert worden. Von seinem Gesichtsausdruck bei der Autogrammstunde, von der Berührung seiner Hand, als er mit mir über den Campus gelaufen war.

„Das wolltest du doch, oder? Er ist am Leben und sie sind zusammen."

„Ja, aber was ist das für ein Buch, Logan?" Er blieb nachdrücklich. Wir saßen am Küchentisch in meinem Haus, da die Umgebung freundlicher war als in diesem Bürogebäude. Janey war bei der Arbeit und Feed strich um unsere Beine herum, schnurrend und sich fast verknotend.

Seine Frage war berechtigt. Ich wusste nicht, was ich überhaupt schrieb. War es romantisch oder abenteuerlich? Ein Thriller oder eine Charakterstudie? Mythologie oder Geschichte? Ich wusste es nicht.

Es *war* einfach. Es war einfach da und entfaltete sich. Ich konnte es nicht kontrollieren. Es gab keine Rahmenbedingungen, keine Grenzen. Nichts hielt die Geschichte innerhalb eines bestimmten Genres. War das wirklich so schlimm?

„Es ist schlimm, wenn du einen schon sehr gut definierten Markt hast, der einen bestimmten Buchtyp erwartet. Wir haben das schon besprochen."

„Und was, wenn ich meinen Markt ändern will?"

„Willst du das?"

„Manchmal. Vielleicht. Ich hatte noch nie dieses Verlangen. Dieses Sehnen nach Veränderung, etwas anderem. Aber in den letzten Monaten, seit ich dich getroffen habe" – da, ich hatte es gesagt – „seit ich an diesem Buch zu arbeiten begonnen habe, bin ich mir nicht mehr sicher, was ich will. Meine Routine ist ganz durcheinander. Nichts passt mehr zusammen."

Ich bereute das Gesagte erst, als es mit Schweigen erwidert wurde. Feeds Schnurren war das lauteste Geräusch im Raum. Die Andeutung in meinen Worten, die Hoffnung in ihnen, dieser rastlose Ton – und das schiere Gewicht davon – nahmen die Form eines kleinen, erbärmlichen Bettlers an, der genau zwischen dem Salz- und Pfefferstreuer auf dem Tisch kniete.

„Wir haben noch immer nicht über die Streitpunkte gesprochen, mit denen wir seit dem letzten Treffen gekämpft haben. Das ist alles." Ich war erleichtert zu hören, dass er das Betteln überhörte und doch wollte ich weinen. „Du bist völlig durch den Wind. Du brauchst eine Veränderung in deinem Alltag, in deiner Umgebung."

„Aber… wenn du vielleicht noch etwas weiter liest? Vielleicht magst du es mehr, wenn du etwas mehr liest. Du hast immerhin auf halbem Weg aufgehört." Ich wurde zum Bettler. „Bitte."

Er sah auf die Seiten vor ihm, las Zeile um Zeile. Er räusperte sich.

*„ Oh, mein Liebling! Die sehnigen Arme der Hölle selbst könnten mich nicht von dir fernhalten! Unsere Seelen sind miteinander verwoben, unsere Schicksale verknüpft. Oh du mein Liebling! Halte mich für immer in deinen Armen, auch wenn diese Insel ... "* Er stoppte und sah zu mir auf.

„Nun ...", räumte ich ein, „wenn du es *so* liest würde alles ziemlich albern klingen."

„Du kannst es besser, Logan." Er stützte seine Ellenbogen auf das Manuskript. „Ich habe eine Idee. Du brauchst etwas für deine Inspiration."

„Ich dachte, dass ich ziemlich inspiriert war, als ich das geschrieben hatte."

„Nun, dann brauchst du etwas, was dich aus deiner gewohnten Umgebung, aus deiner Blase herausreißt. Ich werde nächste Woche nach Norden fahren, zur Ferienhütte meiner Familie am See. Wir treffen uns dort. Es ist nicht wirklich ein Wiedersehenstreffen, da sich alle, mit Ausnahme von mir, ständig sehen. Warum kommst du nicht mit? Es werden noch andere außer meiner Familie da sein, also wirst du dich nicht wie ein Außenseiter fühlen, versprochen."

Ich muss zugeben, dass mein Herz kurz ausgesetzt hatte. Er wollte, dass ich seine Familie kennenlernte. Okay, jetzt nicht in einem romantischen Sinne, aber man kann ja so tun als ob.

„Bist du dir sicher, dass das in Ordnung ist?"

„Sicher! Unsere Treffen sind eher Partys als Familientreffen und außerdem wäre es gut für mich, noch jemanden dabei zu haben. Du könntest mein Prellbock sein."

Vielleicht hatte er recht. Vielleicht würde mir ein Ausflug neue Inspiration verschaffen.

„Wir könnten uns ausziehen ..." Er zwinkerte.

Ich nahm die Einladung an.


DIE FERIENHÜTTE der Familie am See lag etwa vier Stunden nördlich von Adbury. Auf der Fahrt dorthin unterhielten wir uns und hörten Musik. Wir würden nicht über das Buch reden. Brock hatte vor dem Aufbruch bestimmt, dass ich für die Musik verantwortlich sein würde, was bedeutete, dass wir mitsingen können mussten. Schlussendlich entschied ich mich für eine Mischung aus allem, angefangen bei den Traveling Wilburys bis zu Kylie Minogue, vom stereotypisch Schwulen bis zum völlig Unerwarteten. Hymnen waren gut, Balladen nicht. Im ersten Moment sangen wir noch zu Neko Case und im nächsten wippten wir zu irgendeinem Popsong, der im nächsten Jahr schon wieder vergessen sein würde. Wir waren Freunde auf einem Road Trip und obwohl ich so viel Spaß dabei hatte, fühlte ich doch ein Stechen. Brock und ich würden vielleicht nie mehr als Freunde sein.

„Danke, dass du mich eingeladen hast." Ich drehte die Musik leiser, nachdem wir etwa eine halbe Stunde gefahren waren und Madonna gerade ‚Confessions' sang. „Ich sollte öfters aus Adbury herauskommen."

„Ich kann nicht glauben, dass du wirklich dort lebst. Es ist so klein. Ich meine, es wäre für einen Wochenendausflug ganz nett, aber als Zuhause? Du scheinst mehr der Typ für die Stadt zu sein."

„Als ich klein war lebte ich auf dem Land, in einem kleinen Farmhaus. Es gab nie etwas zu tun. Ich hatte nicht viele Freunde, nur ein paar wenige in der Schule. Es kam trotzdem nie jemand zum Spielen vorbei, weil wir einfach so weit weg lebten. Ich sagte mir immer: *Wenn ich groß bin, werde ich in die Stadt ziehen.*"

„Was ist passiert?"

„Es hat wohl einfach nie zu meinen Plänen gepasst, denke ich. Ich hatte nie wirklich die Gelegenheit dazu. Da war das College, sicher, aber ich hatte beschlossen, eine kleine Schule zu besuchen."

„Klingt, als wäre schon früh einiges eingesperrt gewesen. Du hast dir Grenzen gezogen, die du nicht überschreiten wolltest."

„Das merke ich jetzt. Ehrlich gesagt, habe ich in den letzten zehn Jahren nie viele Reisen unternommen."

„Nun, das ist wirklich ein Problem." Er sagte es, als wäre es völlig offensichtlich. Ich schätze das war es für jeden, außer für mich. „Ein Autor muss reisen. Er muss Erfahrungen sammeln und die Dinge, die ihn inspirieren oder einfach nur wütend machen, selbst erleben. Wie solltest du inspiriert werden, wenn du keine neuen Menschen triffst oder neue Orte besuchst?"

„Vorstellungskraft."

Brock schnaubte. „Vorstellungskraft kann dich nur ein kleines Stück weit bringen. Sieh dir *Star Wars* an. Außerdem musst du etwas *sehen*, zumindest den Funken, ehe deine Vorstellungskraft übernehmen und es in etwas Fantastisches verwandeln kann."

Es machte Sinn. Es war irritierend, wie simpel es war, aber es machte Sinn.

Während wir fuhren, sprach Brock immer wieder über die „Familienhütte", also erwartete ich etwas Kleines und Idyllisches. Ich konnte mir nicht vorstellen, dass man eine große Anzahl von Leuten auf kleinem Raum unterbringen konnte. Diese Vorstellung einer Laura Ingalls Wilder Hütte wurde jäh zum Platzen gebracht, als ich es selbst sah. Selbst wenn es gut in die Umgebung passte, war die „Familienhütte" weit von etwas Kleinem und Idyllischem entfernt. Es war ein großes, dreistöckiges Haus, mit hohen Fenstern auf den See hin, um so viel Sonnenlicht wie möglich hereinzulassen. Der erste Stock war mit einer Veranda gesäumt, von dem schon die Rauchwolken vom Grill aufstiegen. Vor dem Haus war ein Dock, an dem ein kleines Boot vertäut war. Außerdem lehnten drei Kanus an der Wand des Hauses. Die Party schien schon voll im Gange zu sein, als wir ankamen.

„Schwimmst du viel?"

Brock schnaubte erneut. „Ich nicht, aber die anderen. Mein Vater war ein Meisterschaftsschwimmer, als er noch jung war." Brock hatte mir vor unserem Aufbruch erzählt, dass sein Vater nun sehr krank war und nicht mehr der Mann, der er einst gewesen war. „Aber lass uns nicht darüber reden, okay?"

„Okay."

„Es ist nur… Schwimmen ist ein heikles Thema für mich."

Wir nahmen unsere Taschen und betraten die Hütte.

„Wir teilen uns ein Zimmer. Ist das okay?"

Ich grinste ihn an. „Was denkst du denn?"

Durch die großen Fenster, die einen Blick über den See erlaubten, wirkte das Haus offen und hell. Es vermittelte diese heimelige Aura für die Holzhäuser bekannt waren. Ich wurde Brocks Geschwistern vorgestellt (ein Bruder und zwei Schwestern, allesamt älter und mit aufblühenden Familien), seinen Freunden (ein paar Kollegen aus der Verlagsbranche, an die ich mich vage erinnern konnte) und seiner

Mutter, einer kleinen Frau mit gekräuselten goldblonden Haaren und einem ständig besorgten Gesichtsausdruck. Brock küsste sie kurz auf die Wange.

„Wo ist denn Bo?", fragte ich ihn, mit einem spielerischen Stoß.

„Ich habe ihn nicht eingeladen."

„Dann bleibt mehr Alkohol für uns", bemerkte sein Bruder Randy, mit einem leicht hochnäsigen Ton in der Stimme.

„Wie geht es Dad?", fragte Brock seine Mutter.

„Er schläft, Schatz. Die Medikamente haben ihn heute Morgen müde gemacht. Hoffentlich geht es ihm später besser."

Für einen Moment sah Brock gleich besorgt aus wie seine Mutter.

„Es geht ihm gut, keine Sorge." Sie klopfte ihm auf die Schulter; es wirkte gezwungen und wandte sich anschließend mir zu. „Logan, es ist schön, dich zu treffen. Du wirst eine tolle Zeit hier haben. Ich muss ein paar Sachen aus der Küche holen, für den Grill. Onkel Freddy flucht vielleicht schon das Blaue vom Himmel herunter. Brock, Schätzchen, bring doch bitte eure Sachen auf dein Zimmer."

Brocks Zimmer hatte keinen Seeblick, sondern war nach Süden zu den Bäumen ausgerichtet. Das Zimmer lag im dritten Stock, also blockierten die Bäume die Aussicht nicht völlig.

„Mein Zimmer war davor auf der anderen Seite." Die Taschen standen auf dem Bett und wir sahen zum Fenster hinaus. Ich wollte einen Arm um ihn legen, tat es aber nicht.

„Und jetzt?"

„Jetzt nicht mehr."

Die Geräusche der Party lockten uns in den ersten Stock hinunter. Als ich über das Geländer nach unten sah, sah ich, dass noch mehr Familie und Freunde eingetroffen waren, die entweder bei den Gartenstühlen unter uns oder am Dock anzutreffen waren. Alle Altersklassen waren vertreten und jeder passte zu seinem Stereotyp. Jeder passte in seine Box. Die Väter grillten und tranken Bier, die Mütter plauderten und passten auf ihre Kinder auf und die Teenager versuchten ihr Bestes, um sich von der Gruppe fernzuhalten.

Ich folgte Brock und machte neue Bekanntschaften. Jeder von ihnen war freundlich und ich erwischte mich dabei, wie ich geistig Notizen machte, wenn mir ein besonderer Charakterzug auffiel, der sich bei einem Protagonisten gut gemacht hätte. Ich war nie der Typ gewesen, der eine Unterhaltung begann und so ging ich zurück ins Haus, als Brock ein kleines Fass Bier zum Dock brachte.

Die Wände des Hauses waren mit Fotografien bedeckt, jede davon eingerahmt und säuberlich arrangiert. Ich schlenderte an den Wänden, Tischen und Regalen entlang, schenkte den Aufnahmen mal mehr, mal weniger Aufmerksamkeit. Ich bemerkte, dass es bei den Aufnahmen von Brock eine Veränderung gab – keine körperliche Veränderung, sondern etwas, was mir instinktiv auffiel. Etwas musste passiert sein, als er fünfzehn oder sechszehn Jahre alt war, denn bei diesen Aufnahmen bemerkte ich den Wandel. Sein Lächeln war noch immer das Gleiche, noch immer anziehend und verschmitzt, aber es wirkte leicht gequält. Als wäre die Freude und Reinheit der Kindheit schwerer zu finden geworden… oder zu früh genommen worden.

Es gab noch ältere Fotos, die Brocks Vater in seinen Meisterschaftsjahren zeigten, den Mann, den ich noch treffen musste. Er war mit jedem Zentimeter so anziehend wie Brock. Alte Fotos hatten immer dieses Unantastbare an sich, als hätten die Menschen darauf nie existieren können. Ein sepiafarbener Schleier schien sie von mir zu trennen. Jedes alte Foto war so surreal, als wäre es aus einem Film.

„Da habe ich gerade die Qualifikation für die Olympischen Spiele gewonnen."

Ich zuckte zusammen, als ich die Stimme hinter mir hörte. Ein alter Mann, dünn und mit einer Sauerstoffflasche neben sich, saß auf einem der Sofas. Er sah so zerbrechlich und dünn aus, dass ich mir vorstellen konnte, dass er schon die ganze Zeit da gesessen hatte.

„Brock sieht Ihnen zum Verwechseln ähnlich." Ich ging mit dem Foto in der Hand auf dem Mann zu.

„Allerdings, das tut er." Er streckte die Hand nach dem Bild aus. „Darf ich es sehen?"

Ich reichte ihm das Foto und setzte mich zu ihm.

Er sah sich das Bild mit einem Ausdruck von Nostalgie und Herzschmerz an. Ich fragte mich, ob ich ihm das Foto hätte geben sollen. „Glorreiche Tage", meinte er leise. Es fühlte sich so an, als wären es Worte gewesen, die nicht für mich bestimmt gewesen wären. Er sah zu mir und lächelte. Da war es. Das war Brock, um Jahrzehnte gealtert. „Mein Name ist Raymond."

Er reichte mir die Hand. Sie fühlte sich zierlich an, wobei sie früher große Kraft gehabt haben musste.

„Ich bin Logan." Es war sonst niemand im Haus. Die Party blieb draußen, Gelächter lag in der Luft.

„Bist du der Freund meines Sohnes?"

„Der bin ich."

„Wie geht es ihm eigentlich? Wie geht es ihm *wirklich*?"

„Es scheint ihm gut zu gehen. Er hat eine großartige Karriere und viele Menschen, die ihn lieben."

„Gute Wortwahl. Wir alle *scheinen* so oder so mit anderen Dingen zurechtkommen zu müssen." Das Atmen mit diesem Apparat wirkte sehr ungemütlich. „Ich scheine ein alter Mann zu sein, nicht wahr? Aber würdest du glauben, dass unter dieser Haut noch immer der gleiche Schwimmer von den Fotos existiert? Würdest du glauben, dass er nie gestorben ist? Dass seine Wünsche und Hoffnungen noch immer da sind?"

„Das glaube ich", meinte ich leise.

„Wir werden nie alt. Wir kämpfen uns nur ab."

Ich hörte, wie hinter uns jemand den Raum betrat, aber ich sah mich nicht nach der Person um. Raymonds Worte hatten mich erschüttert.

„Ich sehe, du hast meinen Vater getroffen." Brock kam auf uns zu und küsste Raymond auf die Stirn. Er nahm das Foto an sich, ohne ein Wort zu sagen. „Er spricht nicht mehr wirklich. Er sitzt nur hier und sieht sich Fotos an. Wir wissen nicht einmal, ob er sie noch erkennt."

Schockiert sah ich zu Raymond, aber seine Augen waren nun auf den Boden gerichtet und ganz glasig geworden. Er saß völlig unbeweglich da.

„Ich gebe Mum Bescheid, dass er wach ist. Lass uns zurück zur Party gehen."

Ich ging mit Brock hinaus, nicht ohne einen letzten Blick zurück auf Raymond zu werfen. Nur um zu sehen, ob ich einen Blick auf den Mann erhaschen konnte, mit dem ich gesprochen hatte. Aber nichts, er war weg. Ich dachte darüber nach, Brock von dem Gespräch zu erzählen, aber was hätte es für einen Sinn gemacht? Möglicherweise hätte es Brock aufgewühlt. Er hatte immerhin seit Jahren nicht mehr mit seinem Vater gesprochen.

Es wurde langsam Abend und die Musik und das Gelächter wurden lauter. Nachdem er seiner Mutter Bescheid gegeben hatte, wandte sich Brocks volle Aufmerksamkeit der Party zu. Seine Tanzkunst war eine peinliche wie auch charmante Mischung aus Satire und Aerobic. Er fuchtelte mit seinen Armen als er vor herumtanzte. Es erinnerte mich an einen exotischen Vogel in der Paarungszeit. Diejenigen, die um uns standen, sahen zu und lachten über sein Verhalten. Es gab Kopfschütteln und Blicke, die eindeutig belustigt waren. Ich war mir nicht sicher, ob dieser Tanz ein Beispiel seiner rhythmischen Natur oder nur Show war. Ich hatte das Gefühl, dass es Letzteres war, weil Brock in allen anderen Dingen so gut war. Ein Mann wie er würde danach streben in allen Aspekten seines Lebens der Beste zu sein, nur für den Fall, dass es ihm eines Tages weiterhelfen würde.

„Komm schon! Tanz, als wärst du verrückt!"

Als er bemerkte, dass ich es nicht darauf anlegte mich vor seinen Freunden und seiner Familie zu blamieren, tanzte er noch ausgelassener, immer wilder, während die Umstehenden ihn anfeuerten. Nur die Familienhunde, zwei große und extrem anhängliche Mastiffs, tanzten mit ihm. Das war nicht länger tanzen, das war eine einzige Show.

Ich hatte recht. Er war ein Entertainer.


ICH KANN mich nicht daran erinnern, wann ich die Stufen zu unserem Zimmer hinaufgestiegen war. Ich wusste, dass es einige Zeit vor Brock war, aber auch einige Zeit nach vielen anderen. Ich war ziemlich dicht, musste mich regelrecht ins Bett geworfen haben und war eingeschlafen, bevor ich überhaupt das Laken berührte.

Ich wachte irgendwann in der Nacht auf, Brocks Arm um mich geschlungen. Ich fand es ziemlich befriedigend – sein tiefes Atmen gegen meinen Nacken, seine Wärme – und ich schlief schnell wieder ein. Entgegen dem, was man wohl so hörte und sich vorstellte, kommt es nicht immer zu Sex, wenn zwei schwule Männer miteinander schlafen. Manchmal ist es genug jemand neben sich zu wissen. Ich erwartete keine Intimität auf diesem Trip, also war es schön genug von Brock umarmt zu werden. Und er war ein guter Schmuser. Warm, still und sehr nahe.

Ich erwachte Stunden später, als das Morgenlicht schon ins Zimmer fiel und Brock längst aufgestanden war. Ich orientierte mich erst einmal und zog mich dann an. Ich fand ihn und einen kleinen Teil der Familie draußen, beim Frühstück.

„Du bist wach!", Brock klang ziemlich fröhlich, als ich barfuß und noch etwas verschlafen auf das Dock kam. Die Hunde kamen auf mich zu und ich kraulte sie erst einmal ausgiebig.

„Willst du etwas zu Essen haben?", fragte mich seine Mutter. Sie wies auf den vollgestellten Holztisch, auf dem ein Frühstücksbuffet aufgebaut war. „Es gibt Kaffee, Saft, Donuts, Müsli und vieles mehr. Es sind auch noch einige Reste von gestern Abend da, die ich aufwärmen kann."

Ich nahm mir einen Bagel und Orangensaft und setzte mich neben Brock. Er schenkte mir ein breites Lächeln und klopfte mir sanft aufs Knie. Gegenüber saßen seine Mutter und Raymond, der in eine alte Decke eingewickelt war, damit ihm nicht kalt wurde. Einmal mehr versuchte ich den Mann zu finden, mit dem ich gestern Nacht kurz gesprochen hatte, aber ich sah nur einen distanzierten Blick.

„Ich bringe ihn jeden Morgen hier heraus." Brocks Mutter zupfte Raymonds Kragen zurecht. „Es scheint ihm Energie zu geben – zumindest ein wenig mehr Leben."

Ich bemerkte, dass Brock etwas in sich zusammen sank. Es war, als hätte jemand einen Moment der Stille für die Gruppe eingefordert.

Jeder dachte an etwas, aber keiner benannte es. Randys Blicke, die er Brock zuwarf, drückten allerdings Anklage und Vorwürfe aus.

Schließlich wandte Brock sich mir zu. „Das war eine ganz schöne Party, was? Ich war beeindruckt, dass du so viel trinken kannst. Und woher kam das Singen?"

„Singen? Daran kann ich mich nicht erinnern." Ich sah mich nach Bestätigung um, während ich an meinem Bagel kaute.

Eine von Brocks Schwestern, Jo, begann zu lachen. „Du warst so witzig! Ich habe noch nie gehört, dass die Stimme eines Mannes so *hoch* werden kann."

Ich duckte mich verschämt, zog den Kopf ein und schloss die Augen.

Jo fuhr fort. „Und dann hast du bewiesen, dass die hohe Stimme nichts mit einem Defizit zu tun hat …"

Ihre Mutter nahm den Faden auf. „Du hast dein Ding herausgeholt!"

Ich sah Brock entsetzt an. „Das habe ich nicht getan!"

Er lachte so heftig wie der Rest von ihnen. „Doch, hast du. Zum Glück waren die Kinder schon im Bett."

„Keine Sorge, Schätzchen. Brock hat sich gut um dich gekümmert. Er ist sicher gegangen, dass du nicht noch weiter gegangen bist. Er hat dich wie ein geschockter Freund vom Tisch heruntergeholt."

Brock sah ziemlich rot aus. „Mum! Übertreib' nicht."

„Wer übertreibt denn?" Sie sah mich mit ihren besorgten Augen an. „Du würdest dich doch gut um meinen Jungen kümmern, nicht wahr, Logan?"

„Mum, bitte!"

„Ich mein' ja nur. Logan sieht wie der richtige Typ für dich aus. Der Typ Mann, der dich beruhigen und öfters nach Hause bringen könnte …"

„Mum!"

Sie verstummte und kümmerte sich um Raymond. Ich fühlte die Blicke von allen auf Brock und mir. Manche sahen uns nicht direkt an, aber sie starrten dennoch. In dieser Familie war die Stille fordernder und bedrückender als ihre Worte.

Mir kam der Gedanke – und ich wusste nicht, warum ich ihn nicht schon früher gehabt hatte – dass ich in der ganzen Zeit, in der ich mit Curtis zusammen gewesen war, nie seine Familie getroffen hatte. Er hatte seine Eltern immer nur erwähnt, mit denen er eine sehr gute Beziehung gehabt zu haben schien. Es hatte nie Einladungen zu Familientreffen gegeben und es war nie ein Familienmitglied vorbeigekommen. Er hatte natürlich Lucille und meinen Vater getroffen. Ich hatte nie einen Vergleich gehabt ob so wenig Interaktion seltsam war, aber ich hatte den Verdacht, dass dem so war. Curtis war, für mich jedenfalls, fast zu künstlich um Eltern zu haben. Er war der Schachtel-Curtis. Wenn er mal kaputt ging, konnte ich einen neuen bestellen.

Brock schien die Stille nicht gutzutun, die sich um uns gelegt hatte. Es war unerträglicher als ein Brüllwettbewerb hätte sein können. „Entschuldigt mich", murmelte er, stand auf und ging zum Ende des Docks. Ich wartete eine Minute – eher einige Sekunden – ehe ich ihm folgte.

Er stand mit den Händen in den Taschen seiner Shorts da und starrte anklagend, wenn nicht gar furchterfüllt auf das Wasser. „Meine Mutter und ich verstehen uns nur schwer", sagte er, als ich neben ihm stand.

„Ist nicht so selten. Viele haben Schwierigkeiten sich mit ihren Eltern zu verstehen. Du hast Lucille getroffen. ‚Verwandter' kann ein ziemlich anmaßender Begriff sein."

Er zeigte auf die Mitte des Sees. „Dort draußen ist es passiert. Der Unfall."

„Der Unfall deines Vaters?"

„Wir waren mit dem Boot unterwegs. Ich war nie ein guter Schwimmer, was meinen Vater ziemlich verblüfft hat – und so ziemlich jeden, der mich gekannt hat. Man erwartet eben, dass der Sohn eines Champions seinem Vater folgen würde. Aber ich konnte mich nie wirklich dafür begeistern. Anders als mein Bruder und meine Schwestern.

Also, wir waren auf dem Boot. Mein Bruder, mein Vater und ich. Alles war in Ordnung. Ich hatte einen ziemlich guten Tag. Ich kann mich daran erinnern, dass es mich erstaunt hatte, denn es war eine Seltenheit geworden, dass ich mal mit meiner Familie einen guten Tag gehabt hatte. Damals bin ich langsam von ihnen weggetrieben und sie versuchten mich wieder einzuholen. Sie versuchten mich mehr wie sie werden zu lassen. Aber dann hat Dad angefangen mich wegen des Schwimmens anzufahren. Warum mochte ich es nicht? Was war denn verkehrt mit mir? Er schrie und ich schrie noch lauter zurück. Mum war auf dem Dock und hat sich gefragt, was los war.

Dann hat mein Bruder, der immer auf der Seite meines Vaters gestanden war, mir einen Stoß gegeben. Ich bin über Bord gegangen und sofort untergetaucht. Mein Vater ist mir nachgetaucht und hat mich zurückgezogen, aber ich habe um mich geschlagen. Ich hatte Angst."

Brock flüsterte fast. Ich musste mich näher zu ihm beugen, um ihn zu verstehen. Ich war mir der Gruppe stiller Menschen hinter uns bewusst, was mir Unbehagen bereitete.

„Ich war mir sicher, dass ich sterben würde. Es ist seltsam, wenn man unter Wasser ist. Man kann das Licht über einem sehen und wie es sich im Wasser bricht, aber man kann nicht mehr hinkommen. Es ist erschreckend schön. Und ich war einfach so verängstigt.

Ich war noch immer am durchdrehen, als mein Dad mich ins Boot zog. Ich konnte meine Mutter vom Dock schreien hören. Als meine Beine an Bord gezogen wurden, trat ich um mich. Der Kopf meines Vaters zuckte zurück und traf die Seite des Bootes. Er kletterte ziemlich benommen an Bord und fiel hin. Er hatte einen Schlaganfall. Ich hatte meinem Dad einen Schlaganfall verpasst."

Ich sagte nichts. Was hätte ich sagen können? Das ließ sich mit nichts vergleichen, was ich je erlebt hatte. Also stand ich mit ihm da und starrte auf das Wasser. Irgendwann schüttelte er das Bedauern ab und lächelte mich strahlend an. „Danke fürs Zuhören."

Dennoch dauerte es eine Weile, bis er sich davon erholte. Dieser Ort war seine Schachtel. Ich konnte sehen, dass er nie ganz aus dem

Wasser herausgekommen war. Er war noch immer in diesem See und rang damit.

Den Rest des Tages verbrachten wir damit, um das Gelände und um den See herumzuspazieren. Es gab einen kleinen Shop auf der gegenüberliegenden Seite, der Cola und Snacks verkaufte. Er erinnerte mich an eine State Park Hütte und kam meiner Vorstellung dessen, was Brock mit „Familienhütte" gemeint hatte, schon näher. Zu Mittag kamen wir dort an und setzten uns an einen der Picknicktische außen vor dem Shop, in den Schatten einer der vielen Bäume. Brock war hier zurückhaltender als ich es gewohnt war – und ich kannte ihn noch nicht so lange. Er reflektierte viel und das überraschte mich. Ich musste zu meiner Schande gestehen, dass ich gedacht hatte, die einzige Reflexion, an die er interessiert wäre, wäre seine eigene in einem Spiegel.

„Tut mir Leid wegen meiner Mum heute Morgen." Er nahm einen Schluck von seiner Cola. „Wegen all dieser Vermutungen und Anspielungen über mich und dich."

„Mach dir keine Sorgen deswegen. Außerdem könnte ich wirklich gut für dich sein." Ich versuchte, die Aussage als Leichtsinnigkeit herunterzuspielen.

„Vielleicht wärst du das. Ich könnte etwas mehr Ordnung in meinem Leben gebrauchen. Mehr Routine." Er zwinkerte. „Warum bist du überhaupt so? Was für eine Psychose steckt hinter dieser Ordnung?"

„Lucille. Sie war und ist das reinste Chaos. Nicht wortwörtlich… ich meine, irgendwie doch. Sie liebte es zu trinken. Tut sie noch immer. Alle meine schwulen Freunde lieben sie, wenn dir das in irgendeiner Weise eine Ahnung davon gibt, wie sehr sie Alkohol mag. Aber wenn ich sage, dass sie das reinste Chaos ist, dann meine ich damit, dass sie immer etwas verloren hat, als ich noch klein war. Sie hat meine Schulbücher verlegt, Dads Schecks, wichtige Briefe, ihren Schmuck, die Schlüssel… Wir waren ständig in Gefahr ausgeschlossen zu werden, weil sie vergessen hatte etwas einzuschicken oder zu tun. Sie hat aber keine psychischen Probleme gehabt. Lucille war und ist genauso klug wie jeder andere. Sie war nur einfach immer so sorglos.

87

Ich wuchs mit dem Druck auf, alles im Auge zu behalten, dass wir es bis zur nächsten Woche schafften."

„So begannen also die Listen."

„Ich brauchte Ordnung. Meine Eltern konnte mir das nicht geben, also habe ich es selbst erschaffen."

„Irgendwie dachte ich, vielleicht wegen meiner eigenen Jugend, dass deine Listenschreiberei das Ergebnis einer tragischeren Geschichte wäre."

„Nein." Dann überlegte ich kurz. „Wann immer ich daran denke, warum mir Listen so wichtig sind, kommt mir eine Erinnerung in den Sinn. Es ist passierte als ich vier oder fünf war. Ich habe dir schon erzählt, dass wir auf einer Farm gelebt haben. Meine Eltern leben noch immer dort. Ich hatte genug Platz zum Spielen und konnte einfach Kind sein. Ich war von einem großen Garten umgeben, von Weizenfeldern und einem Bach, der mitten durch den Wald nahe dem Haus geflossen ist. Ich hatte nicht viele Freunde, also war es nett, den Platz für mich allein zu haben, damit ich Abenteuer und Freunde erfinden konnte."

„Ich hatte nie solchen Freiraum für mich. Meine Geschwister waren immer da."

„Ich war fast immer alleine." Der Gedanke war kein schmerzhafter. „Als ich eines Tages am Bach spielte, begann es zu regnen. Da ich so jung war, konnte ich nichts von der Sturmwarnung wissen. Ich denke, von Lucille konnte man auch nicht erwarten, dass sie es wusste, als sie mich zur Tür hinausschickte und mir sagte, ich solle spielen gehen. Es regnete ziemlich heftig und es rumorte im Blätterdach, ehe es plötzlich aufhörte. Ich kam aus den Wäldern und sah, dass der Himmel sich seltsam orange verfärbt hatte. Alles war seltsam getönt und man hörte gar nichts. Und dann sah ich es. Einen Tornado im Feld. Es war kein riesiger, aber ich hatte noch nie einen aus solcher Nähe gesehen und es war einfach erschreckend."

„Mein Gott!"

„Nahe dran, zumindest für mich. Ich war völlig erstaunt über dieses große, graue Monster, das Richtung Haus tänzelte. Es brüllte mich an. Ich rannte zum Haus zurück und versuchte den Sturm zu überholen. Ich rannte, so schnell mich meine Beine tragen konnten. Bis ich zum Haus kam, hatten mich die Böen zweimal fast mitgetragen. Ich rannte durch das Haus und versuchte meine Eltern zu finden, aber vergeblich. Ich war gerade dabei zum Keller zu gehen …"

„Alle Achtung, Dorothy Gail."

„… als ich wieder vollkommen eingeschüchtert war. Um mich herum – und das passt jetzt zu meiner poetischen Natur – flogen Papier und Kissen und kleine Dinge in einem stürmischen Ballett. Ich kann mich nicht daran erinnern ans Sterben gedacht zu haben. Ich denke nicht, dass einem Fünfjährigen solche Gedanken gekommen wären. Zumindest nicht zu dieser Zeit. Aber ich war beeindruckt davon, dass ich noch immer stand, während die Welt um mich herumwirbelte. Während alles um mich herum auseinanderfiel."

„Hast du deine Eltern gefunden?"

„Sie fanden mich. Lucille kam aus dem Keller gelaufen, packte mich und erlöste mich aus meiner Starre. Das Haus nahm nur geringen Schaden, aber im Feld neben uns hatte sich ein Graben gebildet. Ich hatte nicht den kleinsten Kratzer davongetragen."

„Verdammt, Logan …", murmelte Brock.

„Was ist los?"

„Darüber solltest du schreiben. Diese Art von Ehrfurcht. Dieses *Leben*."

Und er hatte recht. Es gab allerdings einen Fehler in dieser Logik, von dem er auch wusste. Das Leben konnte einem einen Pulitzerpreis und Respekt von überheblichen Koryphäen schenken, aber man konnte damit selten etwas verdienen. Die Menschen wählen meist Bücher, deren Welt sich mit ihren Wünschen deckt und keine, mit deren Welt sie vertraut sind. Wir nickten darüber in stiller Einigkeit.


AM SAMSTAGABEND war die Stimmung im Haus gedrückter als in der Nacht zuvor. Die meisten waren nach Hause gefahren und diejenigen, die zurückgeblieben waren, waren zufrieden damit am See zu sitzen und zu plaudern, während sie sich in den Gartenstühlen rekelten. Ich blieb noch eine ganze Weile wach, entschuldigte mich aber dann, um ins Bett zu gehen. Brock rief mir allerdings hinterher, dass ich warten sollte und wir gingen gemeinsam hoch.

Wir waren beide nicht sonderlich müde, also lagen wir aneinander gekuschelt im Bett, während wir durch tausende von Kanälen zappten. Brock entschied sich schließlich für eine der vier Sendungen über Geisterjäger, die gerade liefen.

„Ich hasse diese Shows." Brock sah unter der Decke hervor, als wäre er ein verängstigtes Kind. „Trotzdem sehe ich mir das an. Es ist wie eine Geißelung. Nun, so lange ich meine Kuscheldecke bei mir habe, kann kein Geist mich erwischen."

„Das ist doch alles nur gespielt, Brock. All diese Shows sind inszeniert."

„Vielleicht. Aber Geister sind echt, verdammt noch mal."

„Du hast also schon welche gesehen?"

„Grins mich nicht so an, Ungläubiger. Ich wäre nicht überrascht, wenn uns gerade ein Geist beobachten würde." Er sah mich mit großen, unheimlichen Augen an. „Ich habe sie gesehen... Ich habe sie gesehen", flüsterte er.

Ich habe nie an Geister geglaubt, aber ich war auch nicht scharf darauf dieses kindische Verhalten zu ertragen. Als seine Augen sich weiteten, als würde er etwas hinter mir sehen, erwischte er mich fast. Ich wandte meinen Kopf leicht zur Seite. Er begann zu lachen, ehe er die Finger in meine Seiten grub und rief: „Hab dich!"

Er stand auf dem Bett und begann darauf zu hüpfen, mit der Decke über seinem Kopf. „Ich bin ein großer Geist! Wooo! Ich werde dich kriegen!"

Ich zog ihn zurück und warf die Decke über meinen Kopf. Ich rief mit der verspieltesten Stimme, die ich beherrschte: „Ich werde *dich* heute Nacht heimsuchen, Brock Kimble!"

Bevor er eine Chance hatte zu reagieren, hatte ich seine Boxershorts heruntergezogen und meine Lippen um sein Glied gelegt. Ich hatte nicht beabsichtigt so weit zu gehen, aber wie hätte ich mich kontrollieren können? Ich fühlte sein Fleisch, warm und hart, das sich meine Kehle hinunter schob. Ich wollte ihn ausquetschen, ihn aussaugen – alles, was es fest - Gott vergib mir - und saftig machte. Ich leckte ein paar Mal über die Spitze, als sie aus meinem Mund entwischte und neigte mich gierig wieder nach vorne. Brock zog an den Laken, während seine andere Hand meinen Kopf vor und zurück bewegte. Meine Zunge fuhr an der Eichel entlang und ich zog ganz leicht an seinem Hoden, was ihn zum Stöhnen brachte. Brock hatte einen durchschnittlichen Schwanz, mit ziemlich großer Eichel und ich konnte mich erinnern, dass ich bei unserem ersten Mal gedacht hatte, dass es ganz schön wehtun müsste unter ihm zu liegen. Aber jetzt hatte der Gedanke etwas Verlockendes.

Ich zog mich nach oben, um ihm in die Augen zu sehen. Er wusste, was ich vorhatte und grinste darüber. Ich küsste ihn, während ich mich über ihn positionierte. Wir benutzten kein Gleitmittel, nur Speichel. Das langsame Gleiten war mit nichts vergleichbar. Ich wurde in der Mitte gespalten, wie Holz von einer Axt. Das Gefühl war gefährlich und Gefahr war etwas Fremdes für mich. Mit jeder erneuten Bewegung wurde es leichter und weniger schmerzhaft. Die Wärme, die sich in mir ausbreitete, war wie ein Energieball kurz vor der Explosion. Kleine Hitzepartikel tanzten an meinen Nerven entlang. Und dann, endlich, kam ich über seiner Brust.

Als wir fertig waren starrte ich auf ihn hinunter. Anmut. Lust. Süße... Liebe.

Liebe.

Als er die Augen öffnete und zu mir hochsah, wusste ich, dass ich einen Fehler gemacht hatte. Ich hatte mich verliebt.

# 7

WIR SPRACHEN noch weniger als zuvor. Ich stellte mich schlafend, als wir nach Adbury zurückfuhren. Die Musik half mir diese merkwürdige Anspannung zu ertragen. Ich erhaschte einen Blick auf sein Profil, während er fuhr und seufzte. Ich tarnte es als ein Schnarchen, so als würde ich ein Nickerchen halten.

Auch unsere Onlinegespräche waren angespannt und ein Balanceakt. Sie beschäftigten sich nur mehr mit meinem Manuskript. Alles, was gesagt werden musste, fand nur unter der Oberfläche statt, am seichten Ende. Eines der Dinge, die Schriftsteller alle gemeinsam hatten – und dabei schloss ich mich mit ein – war ihre bemerkenswerte Unfähigkeit, ihre Gefühle beim Sprechen auszudrücken. Es bereitet uns Schwierigkeiten das zu sagen, was in einem bestimmten Moment von Vorteil wäre. Stattdessen braucht es Seiten und Abstände, Andeutungen und Metaphern. Wenige Autoren sind der Mittelpunkt einer Party. Ich fragte mich sogar, ob Shakespeare solche sozialen Probleme hatte.

Ich liebte Brock und mir war klar, wie das alles ins Wanken brachte. Meine Routine würde darunter leiden.

An diesem Punkt gab es in *Im Auge der eifersüchtigen Götter* einen weiteren, stürmischen Wendepunkt. Maximus warf sich in einem Anflug von Suizid von einer Klippe. Standard, ja. Völlig vorhersehbar. Aber an diesem Punkt war ich mir sicher, dass mein Buch nicht von Bedeutung sein würde. Es würde keine Diskussionen in Klassenzimmern geben, was die versteckte Bedeutung von Zeile vier auf Seite 97 wäre. Über die Klippe, zusammen mit dem armen, liebeskranken Maximus, warf ich die Hoffnung, die Geschichte zu retten. Alles was ich schreiben würde, würde durchschaubar und seelenlos werden. Alles würde nur Gekritzel sein. Wie ich erwartet hatte, war Brock nicht allzu sehr von dem begeistert, was ich geschrieben hatte. Seltsamerweise sagte er es nicht direkt.

Wir waren wieder im Coffeeshop. Der mit dem leckeren Teegebäck. Ich nahm allerdings nichts und Brock hatte sich nur einen kleinen Kaffee bestellt, den er sehr langsam trank. Der Shop war mit Leuten überfüllt, aber alles erschien merkwürdig gedämpft. Brock und ich waren in einer Art Wettstarren gefangen, als würden wir uns gegenseitig herausfordern oder vielleicht sogar anbetteln, als erstes etwas zu sagen. Als erstes zu benennen was das Buch war.

„Es tut mir Leid", fing ich endlich an. „Das ist alles, was ich schreiben konnte." Die Entschuldigung musste sich für ihn genauso dünn wie für mich angehört haben.

„Ich kann das nicht tun." Er saß aufrecht und stoisch da, wie ein Mann bei einer Vorstandssitzung. Er trug sogar einen Anzug. „Ich kann mich nicht auf so eine Beziehung einlassen. Nicht jetzt."

„Ich weiß. Es tut mir leid."

„Wegen des Buches. Ich weiß. Es ist völlig zerstückelt."

„Mir tut alles leid."

„Was ist alles?"

„Es tut mir leid, dass ich dich verführt habe."

Er machte eine Pause und lächelte fast. „Deine Verführungskünste beiseite, es ist einfach so, dass mein Leben es nicht erlaubt mit jemandem so stark zusammen zu sein. Nicht so, wie du es verdienen würdest."

„Nein. Das sehe ich."

„Und es ist klar …" Er hob mein Manuskript hoch und winkte halbherzig damit herum. „Dein Leben erlaubt das auch nicht. Es tut mir leid, dich so weit getrieben zu haben."

Ein Moment verstrich, in dem er wohl hoffte, dass ich ihm beteuerte, dass er mich nicht so weit getrieben hatte. Aber ich kannte die Wahrheit nicht. So oder so sah ich lächerlich aus.

„Du kannst dich nicht ändern, was?", sagte ich, einfach, damit irgendwas gesagt wurde.

„Ich weiß nicht, wer ich bin, Logan." Seine Hände lagen noch immer auf dem Manuskript. „Ich bin wie dieses Buch. Ich bin noch nicht fertig. Ich nähere mich Stück für Stück, aber es liegt noch eine Menge Arbeit vor mir. Ich habe eine Menge Handlungslücken."

„Ich weiß, ich hätte an diesem Wochenende nichts versuchen sollen, aber …"

Er lächelte. „Nun, es hat Spaß gemacht, richtig?"

„Richtig."

„Spaß ist alles was ich bieten kann. Ich muss mich konzentrieren … auf …"

„Auf was?"

„Ich weiß es nicht. Mich. Meine Karriere."

„Das ist ein lebenslanges Streben. Es ist vielleicht einfacher, wenn du jemanden an deiner Seite hast."

Ich fühlte mich, als würde ich zerfallen. Stück für Stück. Und er konnte mir dabei zusehen. Ein Ohr. Eine Hand. Das Herz. Ich war am Boden zerstört.

„Brock, das kann ich verstehen. Wirklich. Es ist der falsche Moment um eine Beziehung zu beginnen." Wieder sagte ich es nur um etwas zu sagen. „Aber ich muss dich um etwas bitten, bevor ich gehe."

„Was brauchst du?"

„Ich brauche einen neuen Lektor, wenn du nach Hillside zurückkehrst. Bitte."

Er seufzte. Es war mehr ein Hauchen. Das ließ mich wissen, dass es auch sein Herz erwischt hatte. Aber statt zu brechen, verdampfte es.

Er nickte und versuchte zu lächeln. Ich sammelte meine Gedanken und meine Sachen auf und ging. Die Menge verschluckte Brock, also konnte ich zumindest sicher sein, dass er mich nicht sah, als ich zitternd fortging.

JEDER AUTOR hat eine Sammlung, eine Krypta von Geschichten, Skizzen und sogar ganzen Manuskripten, die nie veröffentlicht werden. Es ist eine traurige Wahrheit. Während es für manche besser war nie von jemand gelesen zu werden, gibt es dennoch eine winzige Chance, dass eines von ihnen so brillant oder der Zeit voraus ist, dass es einfach nicht akzeptiert werden würden. Und so ist diese Geschichte dazu verdammt in die Dunkelheit zu schwinden. Keines meiner Manuskripte ist aus dieser zweiten Kategorie, aber manchmal wollte ich weinen, wegen der vielen Meisterwerke, die die Welt wohl nie sehen würde. Denkt nur daran. Unsere Geschichte ist erfüllt mit den Krypten der Schriftsteller. Shakespeares' literarischer Sarkophage.

Meine Krypta der vergessenen Geschichten - die Geschichten, die ich „nur für den Fall" für ein späteres Datum aufbewahrte - befand sich in einer alten Armeekiste meines Vaters in meinem Schrank. Dort fand ich ein wenig Trost nach meinem Treffen mit Brock. Selbst zwei Tage später las ich noch immer meine alten Werke – die meisten hatte ich vergessen. Nichts davon konnte ich wirklich nutzen, aber das war auch nicht meine Erwartung gewesen. Ich wollte einfach meine Gedanken beschäftigt halten. Ich wusste, dass ich jämmerlich aussah – ein erwachsener Mann, in Unterwäsche, der auf dem Boden zwischen Papier und Ordnern saß. Ich konnte mich so jeden Morgen im Spiegel sehen.

Am zweiten Tag, genauer gesagt zu Mittag, hörte ich Janey draußen auf der Straße. Sie hatte sich den Tag freigenommen. Ich stand mit einem Grunzen auf und ging zum Fenster. Sie stand dort und sah ziemlich reizvoll aus, mit ihrem schwarzen Rock, der weißen Bluse und einem Paar schwarzer Stöckelschuhe. Sie sprach mit zwei jungen, männlichen Zeugen Jehovas und spielte dabei mit ihrer Goldkette, locker, aber dennoch mit voller Absicht. Sie lächelten ziemlich eingenommen, was mich leicht grinsen ließ. Sie hatte sie erwischt. Bald würde es überall im Haus ein Bibel-Bumsen geben.

Sie behielt ihre Umgebung und auch die Mormonen im Auge. Ich sah, dass sie sich immer wieder schnell umsah. Sie wollte die Mormonen ebenfalls an ihr interessiert halten. Es war amüsant ihr zuzusehen. Ich wusste nicht, was in ihrem Kopf vor sich ging oder warum sie das Bedürfnis hatte, von beiden Gruppen gemocht zu werden und dabei kannte ich sie seit Jahren. Natürlich wusste ich, wie das enden würde. Eines Tages würde sie einfach aufhören sie einzulassen. Sie würde nicht mehr an die Tür gehen, Hexerei oder Hurerei vorgeben. Sobald sie ihr Ziel erreicht hatte, war sie gelangweilt. Die Jagd war alles was sie interessierte. Sie würde diese jungen, ansehnlichen Männer nur als eine Beute sehen. Ansonsten hätte sie sich von Grund auf geändert.

ICH WURDE ein paar Tage später zu einem Treffen mit meinem neuen Lektor beordert. So fühlte es sich jedenfalls an. Eine Vorladung. Eine Forderung. Der Nachricht mangelte es an Emotion oder Höflichkeit und war mit Frances Barlow unterschrieben. Ich stellte mir vor, dass, wenn ein Brief statt einer E-Mail geschickt worden wäre, die Unterschrift eine unleserliche Kritzelei gewesen wäre. Als wäre selbst einen Brief zu unterschreiben eine Zumutung. Ich erwartete niemand anderen als Queen Elizabeth (die Erste, nicht die Zweite und eher wie Bette Davis als Cate Blanchett aussehend), also ging ich sicher auch pünktlich zu sein. Ich war zu früh dran und wartete gut zwanzig Minuten außerhalb ihres Büros. Ich vermied es erfolgreich zu Brocks Büro zu sehen, auch wenn das Verlangen wie ein kleines Balg danach schrie. Ich beobachtete die Uhr bis ich, punktgenau, hineingerufen wurde.

Ich war recht erstaunt davon wie der Schreibtisch sie überragte. Sie war ein kleines Ding und trug verschiedene Grautöne und Weiß. Sie saß, fast schon stocksteif, ihr Gesicht zu einem finsteren Blick verzogen und ihre Brille saß tief auf ihrer kleinen Nase. Ihr graues Haar war so fest hoch gebunden, dass es sich als Facelifting qualifiziert hätte. Ihr grauer Anzug war höchstwahrscheinlich einen Monat zuvor ausgewählt worden. Die Steifheit des Raumes war etwas, was zu bewundern war. Hier gab es keine Spielerei. Das hier war Arbeit, Routine. Ich bezweifelte, dass sie in ihrem Leben je etwas verlegt hatte. Ich bemerkte eine Liste, die vor ihr lag. Höchstwahrscheinlich

Punkte, die sie abarbeiten wollte. Das war mein Element und ich seufzte zufrieden.

„Setzen Sie sich, Mr. Brandish." Sie wies auf den Stuhl vor ihrem Schreibtisch.

„Nennen Sie mich Logan."

„Nein, danke. Ich werde Sie Mr. Brandish nennen. Und Sie werden mich Miss Barlow nennen. Nicht Franny, nicht Fran, nicht Frances. Und sicherlich nicht *Mrs.* Barlow. Ich war einmal verheiratet, vor Jahren und es passte nicht zu mir. *Miss* Barlow." Sie wartete nicht auf eine Erwiderung. „Der Grund, warum ich dieses Treffen beordert habe, dient dazu festzustellen, wo wir stehen. Damit ich sehen kann, zu wem ich über das Telefon sprechen werde. Wir brauchen uns nicht immer persönlich zu treffen."

Ich saß ganz still da und fühlte mich wie ein Teenager beim Bewerbungsgespräch.

Sie sah mich etwas genervt an. „Haben Sie verstanden, Mr. Brandish?"

„J-Ja, natürlich."

„Gut. Außerdem, anders als Ihr vorheriger Lektor, werde ich Sie weder zum Dinner auf Kosten des Hauses ausführen noch werde ich mit Ihnen plaudern oder Ihnen täglich E-Mails schicken. Sie sind ein großer Junge. Sie haben schon genug Bücher veröffentlicht und wissen, wie man so etwas schreibt, ohne große Hilfe zu erhalten. Ich bin Ihr Lektor, nicht Ihr Freund oder ihre Nanny."

Offenbar sah ich wie ein gescholtener Schuljunge aus, denn ihr Auftreten weichte kurz auf.

„Mr. Brandish, ich sage das nicht, um gemein zu sein. Ich denke nur, dass es wichtig ist einen Rahmen vorzugeben. Ich weiß, dass ich manche mit meinem Auftreten abschrecke, aber ich mag meine Regeln. Ich werde Ihre vorherige Arbeit diese Woche lesen, um mit Ihrem Stil vertraut zu werden, bevor ich mich Ihrem neuesten Werk zuwende. Das mit dem Titel …" Sie sah durch ihre Notizen, mit einem etwas sauren Ausdruck. „*Im Auge der eifersüchtigen Götter.* Hm. Ach ja."

„Sie haben noch nie eine meiner Arbeiten gelesen?"

„Nein, Mr. Brandish. Ich bin eine beschäftigte Frau. Ich habe keine Zeit, um zum Vergnügen zu lesen."

„Und Sie wollen nicht die neuen Veränderungen lesen?" Ich hielt den Ordner mit dem neuen Manuskript hoch.

„Nein." Ihr Mund war perfekt gerundet. Ihr Blick war stechend.

„Nicht heute. Lassen Sie mich Ihre vorherige Arbeit zuerst lesen."

Sie wandte ihren Blick wieder ihrer Liste zu. Nach einem langen Moment und mit nicht mal einem kurzen Blick sagte sie: „Sie dürfen gehen."

Ich erhob mich etwas ungeschickt und sah erst zurück, als ich die Tür hinter mir schloss. Sie telefonierte bereits mit jemand anderem.

In dieser Nacht inspirierte Miss Frances Barlow einen ziemlich Dickens'schen Traum. In diesem Traum erschien Brock am Fußende meines Bettes. Er trug eine lange Samtrobe und hielt mir seine Hand hin, als wollte er mich auffordern mitzukommen.

„Folge mir." Er lächelte und ich stand automatisch auf. „Ich muss dir etwas zeigen."

Unglücklicherweise entwickelte es sich nicht in einen Sextraum. Ich folgte Brock die Stufen hinunter und hinaus in eine kühle Herbstnacht. Er schwebte über dem Boden, wie ein Engel. Die Straßenlaternen erstrahlten in einem geheimnisvollen Licht. Sehr mysteriös, denn die East Second Street hatte seit den 1970ern keine Straßenlaternen mehr gehabt.

Brock deutete auf jemanden, der einsam vor uns auf der Straße ging.

„Wer ist das, Brock?"

„Mein Ersatz."

Es war Miss Frances Barlow. Sie ging sehr schnell durch die Dunkelheit, sah sich hin und wieder misstrauisch um. Sie erblickte uns jedoch nie. Wir folgten ihr, bis wir in eine der Seitenstraßen Adburys einbogen. Diese hatte mir schon oft geholfen, wenn ich einen Charakter fürs Schreiben brauchte. Dort gab es eine Kneipe namens Doyle's, welche verletzte Herzen und Verrückte anzog. Die Tür war kaum von der Straßenlaterne erleuchtet. Miss Frances Barlow trat ein und wir folgten.

Als wir eingetreten waren, war es nicht das Doyle's, das ich kannte. Stattdessen waren wir zu einem seltsamen Pariser Lokal am Meer transportiert worden. Brennende Kerzen standen auf jedem Tisch. Sie glühten eher, als dass sie in der mit Zigarettenrauch erfüllten Luft brannten. Es gab kein anderes Licht, also war die Bar mit einer gefährlichen, romantischen Stimmung erfüllt. Die Musik kam von einem einsamen Pianisten in der Ecke, der mit geschlossenen Augen spielte.

Die Bar war erfüllt mit Gekicher und geflüsterten Gerüchten. Hin und wieder brachen an einem der Tische die Gäste, die alle sehr einfach angezogen waren, in Gelächter aus, um dann sofort wieder zu verstummen. Ich sah mich um, um Miss Barlow zu finden, aber ich konnte sie nicht sehen.

„Was ist das für ein Ort?"

„Das ist die Höhle der Lektoren. Das ist, was jeder Autor fürchtet. Hier erzählen sich die Lektoren Geschichten über die lächerlichen Fehler, die ihre Schriftsteller machen. Oh, es gibt hier wahre Horrorgeschichten."

„Es ist wahr?" Ich war schockiert.

„Es ist alles wahr. Jedes bisschen davon."

„Ich hatte es mir immer als eine Bibliothek vorgestellt."

„Das hat jeder andere Autor auch, deswegen wurde es hierher verlegt. Aber jetzt, da du die Wahrheit kennst …"

Ich wandte mich ihm zu, da ich eine gewisse Drohung in seiner Stimme hörte. Etwas Tiefes und Schleppendes. Er starrte mich mit kalten, glasigen Augen an. Als ich mich umsah, starrten mich auch die anderen Gäste bösartig und verärgert an. Sogar der Pianist hatte aufgehört zu spielen.

Dann, von hinten und aus der Dunkelheit, ertönte die Stimme von Miss Frances Barlow. „Ich habe Ihnen gesagt, dass ich nicht Ihr Freund sein will!" Sie kam wie eine wütende Maus auf mich zu. „Ich will nicht Ihr Freund sein!"

Ich begann zurückzuweichen, doch sie begannen mich langsam einzukreisen. Wie eine Zombiehorde, die frisches Fleisch gewittert hatte. Ich sah mich nach Brock um, nach Hilfe, doch er hatte sich ihnen angeschlossen. Er war immerhin einer von ihnen. Er war … ein Lektor.

Der einsame Autor, der zu Fehlern neigt, in der Höhle der Lektoren. Sie begannen im Sprechchor zu rufen, als sie mich in die Ecke drängten. „Geh schreiben, Logan Brandish! Geh schreiben, geh schreiben, Logan Brandish! Geh schreiben!"

„Ich versuche es ja! Ich kann nicht, ich kann einfach nicht!"

Aber sie riefen immer weiter. „Geh schreiben, Logan Brandish, geh schreiben!"

Egal wie laut ich schrie, sie kamen immer näher. Sogar Brock. Ich kauerte mich hin und sah ihre Hände auf mich zukommen, um mich, wie die Seiten eines schlechten Manuskripts, zu zerreißen.

Ich erwachte verschwitzt und außer Atem. Feed, die wie so oft in der Nacht in mein Zimmer gekommen war, fauchte mich an und rannte dann zur Tür hinaus. Ich setzte mich auf und rieb über meine Augen, um dann einen Anker für meine rasenden Gedanken zu finden. Ich war wütend, auf den Traum und auf Brock. Nicht nur auf den bösen Lektor aus meinem Traum, sondern auch auf den echten. All sein Gerede, mich aus meiner Wohlfühlzone herauszubekommen… Es kam mir plötzlich in den Sinn, dass auch er eine kleine komfortable Zone für sich geschaffen hatte, aus der er nicht heraus wollte. Er war völlig zufrieden damit als Lektor zu arbeiten, so viel Sex wie nur möglich zu haben und für den Rest seines Lebens keine romantischen Beziehungen zu haben. Ich war wütend und wollte ihn anschreien. Wenn die Schlafmittel nicht schon abgeklungen wären, hätte ich es vielleicht getan. Ich warf einen Blick auf mein Handy, das auf dem Nachttisch neben meinem Bett zum Aufladen angesteckt war. Ich entschied mich schlussendlich gegen einen mitternächtlichen Anruf.

Trotzdem wollte ich mit jemandem reden. Janey schlief, Brock wollte nichts von mir hören und die Katze fauchte nur. Ich wollte plötzlich bei Curtis sein. Wenigstens hatte es dort Stabilität und

Trost gegeben. Er würde wissen, was zu sagen war und ihn hatte es nie gekümmert, dass ich ihn spätabends während des Schreibens angerufen hatte. Natürlich war es nie wegen eines anderen Mannes gewesen. Aber egal. Ich nahm das Handy und wählte. Ich wartete. Curtis hob nie ab, seine Nummer hatte sich geändert.

# 8

EINES TAGES erwachte ich, in einem sehr metaphorischen Sinn. Es war ein kühler Herbstmorgen, später September und ich fühlte mich, als würde ich den Verstand verlieren wenn ich noch einmal mit der gleichen Zimmerdecke über mir aufwachen würde. Ich fühlte mich erstickt, als würde etwas auf mir lasten. Wie unter mittelalterlicher Folter, bei der ich angekettet wäre und ein schwerer Stein nach dem anderen auf meine Brust gelegt werden würde. Ich hatte noch nie Asthma oder Schwierigkeiten mit meiner Atmung gehabt, aber an diesem Morgen schien ich einfach nicht genug Sauerstoff in meine Lungen bekommen zu können. Ich versuchte tief einzuatmen, aber es ging nicht.

Anfangs tat ich nichts. Ich lag einfach nur da, starrte fast flehend auf den Deckel meiner persönlichen Box. Ich musste aufstehen. Ich hatte meine Routine und viel zu tun. Viele Dinge zu tun, die den Sachen der Tage zuvor so ähnlich waren. Das, was mir Sicherheit und Erleichterung hätte bieten sollen, ließ mich nur noch weniger Kontrolle spüren. Ich lag da, während der Autor in mir hochkam und versuchte, an eine clevere Parallele zwischen den kürzer werdenden Herbsttagen und meiner neuen Sehnsucht zu denken. Aber alles klang so erzwungen. Außerdem beschloss ich, dass keiner mehr das Wort „Sehnsucht" benutzte. Wer sehnt sich schon noch nach etwas? Wir sind alles Jammerlappen, dank sozialer Medien.

Nachdem ich mich endlich aus dem Bett gequält hatte betrachtete ich im Badezimmer mein Spiegelbild. Ich sah müde und zerrupft aus. Man konnte an meinen Haaren sehen, wie unruhig ich geschlafen hatte. Es stand am Hinterkopf wie eine Pflanze ab, die sich nach dem Sonnenlicht streckt. Ich strich an meinem Kinn entlang. Ich brauchte eine Rasur. Wie umständlich. Dennoch, irgendwie gefiel mir dieser unsaubere Look. Es war ein Gedanke, der die ganze letzte Woche in meinem Hinterkopf verblieben war. Vielleicht dieses eine Mal, nur einmal, würde ich mich doch nicht rasieren. Der Gedanke ließ mich lächeln und damit war es beschlossen.

Und warum sollte ich eigentlich meine Haare *jeden Tag* sorgfältig kämmen? Sogar dann, wenn ich nicht ausging? Warum war es mir mein Leben lang nie in den Sinn gekommen, es einfach etwas wachsen zu lassen? Ein wenig mehr Länge... ein wenig mehr Spielraum. Warum dieses Bedürfnis, es ständig so kurz zu schneiden? So sauber und perfekt? Damit war auch das beschlossen.

Ich strahlte praktisch. Ja, es war nur eine kleine Veränderung, ein kleiner Unterschied für diesen Tag. Nun, klein für andere Menschen. Für mich war es befreiend. Ich zähmte mein Haar ein wenig, ehe ich mein liebstes Kool-Aid Shirt anzog und meine bequemsten Jeans auswählte. Ich nahm meine Jacke und verließ das Haus, um mich mit Miss Barlow zu treffen. Ich fühlte diesen wundervollen Nervenkitzel, lächelte praktisch die ganze Zeit, als ich Adbury verließ. *Wer weiß*, dachte ich, *vielleicht streiche ich ja morgen diese verdammte Decke.*

Als ich mich allerdings den Büros von Hillside näherte, fühlte ich eine gewisse Anspannung. Was ich in der letzten Zeit geschrieben hatte, war völliger Blödsinn und noch dazu halbherziger Blödsinn. Die Insel, auf der mein Buch spielte, war seit meinem letzten Kapitel von Zombies bewohnt. Ich hatte beschlossen, dass sie schon immer dort gelebt hatten und nur der Aufmerksamkeit meiner so verliebten Hauptfiguren entgangen waren. Die Zombies hatten den verrückten Caligula gefressen – als Eintopf serviert – und waren nun hinter Flavius und Maximus her. Das waren organisierte Zombies. In meiner Vorstellung hatten sie Listen an den Wänden der Höhlen, in denen sie lebten, anhand derer sie festlegten, welche Verschollenen wann gefressen werden sollten.

Miss Barlows Sekretär – der großäugige und verschreckte junge Mann, der frisch aus dem College kam und mich das letzte Mal völlig ignoriert hatte – warf mir einen Blick zu, der mir eindeutig sagte, dass ich erledigt war, aber dennoch hineingehen sollte. Ich musste nicht einmal warten. Als ich an ihm vorbeiging, meinte er, dass ich „hoffentlich einen Schutz trage".

Miss Barlow stand am Fenster. Sie war so klein, es sah aus als würde das Sonnenlicht sie erschlagen. Sie trug große, schlecht sitzende Schuhe, die an Pantoffel erinnerten. Ich fragte mich, wie sie darin laufen konnte. Sie hatte die Arme verschränkt.

„Setzen Sie sich, Mr. Brandish." Sie rauchte, war von Dunst umgeben.

Endlich drehte sie sich zu mir. „Sehen Sie das?"

„Die Zigarette?" Ich hatte mein Bein ganz beiläufig über das andere gelegt. Ich trug Knöchelsocken. Zuvor hatte ich immer höhere Socken zu Meetings getragen. Das hatte ich bis dahin nicht bemerkt.

„Das hier ist ein Nichtraucherbüro. Es ist ein Nichtrauchergebäude. Es werden gerade Gesetze verabschiedet, damit es in der ganzen Stadt verboten wird zu rauchen. Das war etwas Gutes für mich. Ich habe seit Jahren versucht aufzuhören. Aber ..." Sie kam näher, ihre Pantoffel hämmerten richtig auf den Boden. „Ihr Buch, Mr. Brandish – Ihr jämmerlicher Versuch zu schreiben hat mich dazu gebracht, diese Gewohnheit wieder aufzunehmen."

„Ver... zeihung?"

„Ich glaube nicht, dass ich je wieder aufhören kann." Sie nahm einen langen, gedankenverlorenen Zug, ehe sie den Rauch mit einem zufriedenen und schuldigen Seufzen ausatmete, während ihre kleinen Augen mich fixiert hatten. „Von all den großartigen Autoren, die dieses Haus hat und da gibt es einige ganz große, werde ich mit Ihnen abgefertigt. Ich sollte auf versuchten Mord klagen."

„Ach, kommen Sie!"

„Und würde es wehtun sich zu rasieren? Normalerweise achtet man auf sein Äußeres, wenn man ein wichtiges Treffen hat. Wir sind hier nicht im Einkaufszentrum, wissen Sie."

„Werde ich jetzt jedes Mal gerügt, wenn ich hier bin? Sagen Sie mir einfach, was ich ändern muss und ich ändere es. Sparen Sie sich bitte das Drama."

Sie lachte leicht und warf die Zigarette in einem Wasserbecher, der auf ihrem Schreibtisch stand. „Wo anfangen? Zuerst und vor allem sollten Sie die Zombies loswerden. Sie schreiben für Männer und Frauen, vor allem Frauen, eines bestimmten Alters und nicht für Collegejungen und Horrorfans."

„Gut, aber ich mochte die Zombies."

„Ich nicht." Sie saß auf der Kante ihres Schreibtisches, die Arme wie eine Lehrerin verschränkt, das Kiefer angespannt. „Ich habe einige Notizen für Sie."

Sie nahm einen dicken Stapel Papier und hielt ihn mir hin.

„Notizen?" Ich nahm sie etwas zögerlich entgegen.

„Ich habe Ihre Arbeiten gelesen, Mr. Brandish. Ich mochte sie zum größten Teil. Sie haben uns einige gute Sachen geliefert. Es gab einige Stellen in den drei Büchern, die sie bei uns veröffentlicht haben, die etwas angeberisch klangen, aber zumeist …"

„Nun warten Sie aber mal!"

„Mr. Brandish, bitte seien Sie nicht verärgert. Ich versuche nur Ihnen zu helfen. Damit Sie bestmögliche Arbeit liefern und Ihrer Leserschaft einen Aufschwung geben. Lesen Sie meine Notizen und wenden Sie sie an. Sie werden Ihnen dabei helfen, das Chaos, das Sie verursacht haben, zu beseitigen."

„Ich bin nicht in einem Schreibkurs, Miss Barlow. Ich habe einen gewissen Stil."

„Der zurzeit fehlt. Sie fuchteln herum. Das kann jeder sehen. Dieses Geschreibe ist pure Faulheit!"

„Miss Barlow …"

„Mr. Brandish."

„Miss Barlow!"

„*Mister* Brandish! Ich bin mir bewusst, wer ich bin. Ich bin die Beste. Die beste Lektorin, die dieses Haus jemals hatte. Sie werden bei mir nichts anderes als einen Bestseller schreiben. Die Spitze der Liste. Egal welche! Wenn Sie nicht mit mir arbeiten wollen, sagen Sie es. Aber ich bezweifle, dass sich irgendein anderer Lektor so sehr um unser aller Image sorgt wie ich. Zumindest einer, mit dem Sie nicht schlafen müssen."

Der Stapel war in meiner Hand zusammengerollt, als wollte ich eine Fliege damit erschlagen. Mein Gesicht war gerötet. Meine Füße standen nun fest am Boden, bereit zum Sprung. Aber sie hatte recht. Und außerdem hatte ich das Gefühl, dass ich seit Neuestem einen gewissen Ruf unter den Lektoren hatte. Niemand hatte etwas über mich gesagt, aber wer wollte wohl noch mit mir arbeiten, wenn ich noch immer so kompliziert war?

„Ich werde mir Ihre Notizen ansehen." Ich erhob mich. Ruhig, gelassen.

Sie nickte. „Es ist in Ihrem Interesse."

Ich verließ schnell ihr Büro, ohne ein weiteres Wort zu sagen. Ich musste wie ein Torpedo ausgesehen haben, als ich am Sekretär vorbeischoss. Ich starrte auf den Boden, hielt meine Wut zurück bis ich im Auto sein würde und Miss Barlow mit allen Obszönitäten verfluchen konnte, wie ich nur wollte.

Und es wäre ein verdammt großer Wutausbruch geworden, wenn meine Gedanken nicht so schnell umgeschlagen hätten. Ich kollidierte – eine Kollision war nach meinem eiligen Verlassen von Miss Barlows Büro die einzige passende Beschreibung – mit Brock.

Ich stöhnte. „Natürlich musste ich in dich hineinlaufen. Vorhersehbar."

„Wie in einem Film", meinte er mit einem Lächeln. Er hielt eine Mappe, die er selbst bei der Kollision nicht verloren hatte. Jetzt allerdings ließ er sie spielerisch fallen, um mit der Szene mitzuhalten.

„Wo sind die Kameras?"

Wir sahen uns beide nach versteckten Kameras und einer Crew um. Ich versteckte mein Unbehagen, wenn auch nicht sonderlich gut, indem ich den Ordner für ihn aufhob. Er lachte über unseren beschämenden Versuch humorvoll zu sein.

„Bist du in Ordnung? Du siehst verärgert aus."

„Ich hatte gerade ein Treffen mit Miss Barlow." Ich wog meine Worte ab.

Mein Herz raste. Das Treffen mit Miss Barlow war ein Schlag ins Gesicht, Brock zu sehen war jedoch ein Tritt in die Eier.

„Ah, ich verstehe. Penibel-Frances mochte das Gelesene nicht?"

„Ich hatte es nicht erwartet. Aber verdammt, sie ist gemein!"

„Vielleicht war ich zu freundlich."

Ein Moment verstrich und wir beide atmeten tief durch.

„Also, was hast du geschrieben, dass sie pingelig wurde?"

„Ich hab fast alles hineingeworfen. Warum auch nicht? Es gibt jetzt Zombies auf der Insel und sie haben den Verrückten zu Eintopf verarbeitet."

„Nun, sie müssen auch essen, richtig?"

„Genau!"

„Außer deiner Begegnung mit einem knurrenden Lektor, wie geht es dir?"

„Ganz gut. Wie geht es dir?"

Er sah mich an, als wollte er etwas sagen. Als wollte er mit der Wahrheit statt mit einer Höflichkeit antworten.

„Ganz gut." Als wären die Worte kaputt.

„Ich gehe besser." Ich konnte es nicht ertragen noch länger mit ihm dazustehen. Seine Augen würden mich ins Wanken bringen. Sie sahen so traurig aus. Ich wollte nach seiner Familie und seinem Vater fragen, aber er würde es nicht erlauben. Er begann zurückzuweichen, zu seinem Büro zurück.

„Du siehst gut aus", meinte er, ehe er sich wegdrehte und davonging. „Ich mag den Bart."

Nach dieser Gefühlsverwirrung saß ich starrend im Auto, das Steuer ergriffen. Das silberne Emblem hätte genauso gut ein schwarzes Loch sein können. Ich wollte es schlagen, aber mir fehlte die Kraft. Alles, was ich herausbrachte, war ein schwaches Knurren, ehe ich aus der Garage und nach Hause fuhr.


WÄHREND ICH bei meinem Treffen mit Miss Barlow gewesen war, hatte Janey zwei junge Zeugen Jehovas ins Wohnzimmer eingeladen. Sie waren fast so liebenswürdig wie die zwei Mormonen. Sie unterhielt sich mit ihnen recht überzeugend über Religion als ich nach Hause kam. Doch statt es witzig zu finden, war ich genervt. Ich hätte sogar meine Augen gerollt, sobald ich in den Raum getreten wäre. Feed imitierte mein Verhalten mit einem herablassenden Blick auf die Zeugen, während sie auf dem Boden saß und ihre Schwanzspitze zuckte. Ich bereute es, dass wir ihre Klauen hatten entfernen lassen.

Janey entschuldigte sich bei den jungen Männern und folgte mir mit Feed in die Küche. Sie war aufgedreht. Ich fühlte es als sie hinter mir her eilte, bereit jeden Moment in Gelächter auszubrechen.

„Sie waren seit dem Mittagessen hier. Ich sollte wohl bald eine Ausrede vorbringen, damit sie gehen. Die Mormonen kommen in einer Stunde vorbei. Wir wollen doch nicht mitten in einem Bandenkrieg landen, richtig?"

Da ich nicht antwortete, redete sie einfach weiter. „Ich belüge hier zwei Religionen. Wie verrückt ist das denn bitte?"

„"Verrückt", bemerkte ich trocken, während ich Katzenfutter in Feeds Schüssel füllte.

„Was ist los? Es ist witzig."

Ich biss mir auf die Zunge. „Du hast recht. Ich hatte nur ein richtig schlechtes Meeting mit meiner Lektorin heute. Abscheulich schlecht."

„Du solltest dir einen religiösen Eiferer zulegen. Das würde dich in kürzester Zeit aufheitern. Willst du einen von meinen?"

„Janey! Nein." Meine Verärgerung konnte ich nicht mehr zurückhalten. „Denkst du nicht, dass es an der Zeit ist mit deinen kleinen Spielchen aufzuhören?"

„Spielchen?"

„Alles was du hier tust, ist ein Versuch, Aufmerksamkeit zu erhalten. Als würdest du mitten im Film auf den Stuhl steigen und ‚Seht mich an!' kreischen. Dann, wenn du die Aufmerksamkeit hast, die du so dringend wolltest, wirfst du die Menschen ohne einen zweiten Gedanken aus deinem Leben."

„Was, zur Hölle, meinst du?"

„Werd' erwachsen, Janey. Ändere dich mal."

„Ich?" Sie versuchte ihre Stimme unter Kontrolle zu halten. „Sieh in den Spiegel, Logan. So wie es aussieht, hast du heute Morgen etwas vergessen. Ja, das ist ein billiger Versuch, aber bitte."

Sie zischte und wandte sich zurück zum Wohnzimmer. Ich drehte mich um und starrte aus dem Fenster, mein Verlangen nach Konfrontation war für den Moment befriedigt.

Zu meiner Überraschung sah ich genau hinter dem weißen Zaun Grace. Sie stand nicht *in* ihrem Garten, sondern darüber. Ich war vollkommen verwirrt. Sie stand auf dem Dach ihrer hinteren Terrasse, ein alter Anbau zu einem noch älteren Haus, mit einem Grinsen im Gesicht und den Händen in die Hüften gestemmt. War sie verrückt oder gar senil geworden? Ich hatte keine Zeit es zu hinterfragen, denn plötzlich verlor sie ihr Gleichgewicht, ihre Arme ruderten um Balance, doch sie fiel genau über die Kante. „Scheiße!", schrie ich und rannte so schnell ich konnte zur Tür hinaus.

Als ich sie erreichte (so heldenhaft es erscheinen mochte, hatte ich mir nicht zugetraut über den Zaun zu springen und hatte stattdessen den langen Weg darum herum genommen), lag sie auf dem Boden, den Blick auf den Himmel gerichtet und lachte sich krumm. Wenn der Sturz sie nicht getötet hatte, würde das der Lachanfall übernehmen.

„Grace!" Ich rannte an ihre Seite. „Alles in Ordnung?"

„Mir geht es gut." Sie wischte sich die Lachtränen aus den Augen. „Der Wind hat mir einen leichten Schlag verpasst, das passiert öfters, wenn ich die kühle Brise vom Fluss herauf spüre."

Sie versuchte sich aufzusetzen, stöhnte und lachte erneut.

„Vielleicht solltest du noch nicht aufstehen."

Sie winkte ab und schlug meine Hand weg. „Ich bin kein Kind."

Janey kam in den Garten gestürmt, mit den Zeugen Jehovas im Schlepptau. Sie trugen ihre Büchertaschen, als würden diese ihnen helfen. „Ich rufe einen Krankenwagen." Janey hatte bereits die Nummer gewählt.

Grace lehnte sich näher zu mir. „Hat sie die Armee Gottes mitgebracht, damit ich meine letzte Salbung erhalte?"

Ich grinste. „Ich denke nicht, dass die Zeugen Jehovas an so etwas glauben. Das sind die Katholiken."

„Du hast Recht, natürlich. Ich vergaß. Zeugen Jehovas. Nicht viele letzte Riten in dieser Religion. Oder viele Rechte, wie ich mich erinnere." Dieser Witz verursachte einen erneuten Lachanfall.

Janey telefonierte hektisch mit dem Einsatzleiter, während die zwei jungen Männer neben ihr sich verunsichert ansahen.

„Warum warst du auf dem Dach, Grace?" Ich kniete noch immer neben ihr. „Du hast doch so viel im Leben." Ich zwinkerte.

„Ich war noch nie hier oben. Ich hatte gerade tote Pflanzen aus meinem Garten entfernt und mich gestreckt. Ich habe währenddessen zufällig zum Dach gesehen. Die Kacheln haben im Sonnenlicht geleuchtet. Ich habe mich gefragt, wie die Sicht von dort oben ist."

„Es gibt Fenster. Da hast du auch eine gute Aussicht."

„Das ist nicht das Gleiche. Jeder kann von einem Fenster aus etwas beobachten. Nein, ich wollte *dort* oben sein. Keine Barriere, keine Wand, kein Glas. Nur ich und der Wind. Ich sage dir, Logan, es ist wundervoll! Du solltest einen Blick von deinem Dach werfen. Ich erinnerte mich daran, wie ich als kleines Mädchen war. Ich war eine Kletterin. Ich bin auf jeden Baum geklettert, den ich finden konnte. Aufgeschürfte Knie und Beulen waren Zeichen, die ich mit Stolz trug. Meine Jugend ist nicht weg. Sie ist nur unter Jahren und alter Haut gefaltet."

„Grace, du bist kein junges Mädchen mehr. Vielleicht bist du das in deinem Kopf. Aber deine Knochen werden nicht darauf achten, wie alt du dich geistig fühlst. Du hättest dich ernsthaft verletzen können."

„Schätzchen, hör zu. Ich muss dir etwas sagen und ich will nicht, dass du es zu hart auffasst." Sie legte eine Hand auf meine Schulter. „Du bist kurz davor verdammt langweilig zu werden."

Ich lachte. „Was?"

„Es ist wahr. Pass auf. Es wird sich an dich anschleichen. Und kurz darauf bist du ein alter Mann in seinem Stuhl, verbittert und fluchend über die verpassten Gelegenheiten."

Es ließ mich an Miss Barlow denken. Steuerte ich darauf zu? Mein Magen krampfte kurz.

„Als ich dich mit Curtis gesehen hatte, hatte ich oft gehofft, dass du jemand Neues finden würdest. Jemanden, der dich öfters aus dem Haus lockt. Curtis war nett, aber verdammt, er konnte uns beide einschläfern. Streite es nicht ab. Und als du mit diesem Brock kamst, dachte ich – *wusste* ich – dass er war, was du brauchtest. Er hatte diesen Funken. Wo ist er jetzt?"

„Du hast wirklich gedacht, dass Curtis langweilig ist?"

„Er war eine Schlaftablette."

Janey kam zu uns geeilt. „Der Krankenwagen ist unterwegs." Sie warf einen Blick auf ihre religiösen Besucher. „Ich muss sie rauswerfen, bevor die Mormonen kommen. Gott hält mich heute auf Trab, was?"

„Ich bleibe bei Grace."

Janey lächelte und eilte zu den Zeugen.

„Gnade, Gnade!" Grace kicherte.

„Wem sagst du das."


MEINE GEDANKEN waren schwerwiegend. So schwer, dass ich mich für den restlichen Tag nicht mehr konzentrieren konnte. Ich hatte mich um Grace gekümmert. Ich war mit ihr im Krankenwagen mitgefahren und bei ihr geblieben, bis ihr Knöchel untersucht worden war. Er war nicht gebrochen und sie brauchte nur einen Stock als Hilfe, daher durfte sie nach ein paar Stunden wieder nach Hause gehen.

„Kein Turnen mehr auf dem Dach", hatte der Arzt gesagt.

„*Fick dich*, Kildare", hatte sie geantwortet.

Mein Plan war nach Hause zu gehen und das Chaos von einem Manuskript in Ordnung zu bringen. Ich wollte ein neues Konzept erstellen, eine neue Perspektive. Es klang gut, während ich im Krankenhaus wartete und nichts anderes tun konnte als zu Denken. Aber nach einer Weile, auf den Laptop starrend, als würde ich eine Antwort erwarten, realisierte ich, dass ich mich nicht für das Schreiben motivieren konnte. Ich schaltete den Laptop aus und fiel wie ein stürzender Baum in mein Bett. Über mir die gleiche dumpfe Decke, die ich jeden Morgen beim Aufwachen sah. Wie am Morgen fühlte ich mich atemlos. Diesmal war es nicht die Decke, die mich erdrückte. Meine schweren Gedanken zogen mich so nach unten, dass ich mich nicht mehr rühren konnte. Ich versuchte mich mit meinen Gedanken abzulenken. Ich stellte mir vor, von Brock gehalten zu werden. Aber das half nicht, es zerriss nur eine Saite in meinem Herzen.

Schlussendlich schnappte ich über. Ich schüttelte mich und warf die Arme in die Luft, schrie und brüllte, knirschte mit den Zähnen und schüttelte meinen Kopf. Ich kreischte durchs Haus. In meinem Kopf riss ich alles um mich herum nieder, um aus dieser Lage zu entkommen. Ich musste lächerlich ausgesehen haben, denn als ich mich beruhigt hatte, sah ich Janey und Feed in der Tür. Sie starrten mich an.

„Alles in Ordnung?"

Ich schnaubte, sprang auf und kam zur Tür. „Natürlich nicht." Ich schloss sie geräuschvoll.

Ich betrachtete mich im Spiegel, der urteilend gegen die Wand lehnte. Ich mochte das leicht ungepflegte Aussehen, egal was Freunde und Lektoren sagten. Brock mochte es auch. Die Idee, meine Haare wachsen zu lassen, lockte mich. Dieses Gefühl alleine machte mir Sorgen. Wenn schon eine solche Idee meine Begeisterung erregte, dann hatte Grace vielleicht recht. Vielleicht war ich ein langweiliger Mensch, vielleicht war ich es schon immer gewesen. Würde ich, wie Grace prophezeit hatte, eines Tages den Rängen der Apathischen und Unglücklichen angehören?

Dann kam mir etwas viel Schrecklicheres in den Sinn. Vielleicht hatte Brock mich uninteressant gefunden? War das Wochenende ein Test gewesen, bei dem ich versagt hatte? War meine Vergangenheit nicht interessant? Mein Leben war immerhin größtenteils aus der Öffentlichkeit herausgehalten worden. Ich war nach dem College mit niemandem mehr ausgegangen, war selten verreist, selbst wenn ich Gelegenheit dazu hatte. Ich hatte mich immer neu vorstellen müssen, wenn ich auf Partys gewesen war. Das war nicht das Leben eines interessanten Mannes.

Würde ich mich treffen, geschweige denn Sex mit mir haben wollen?

Ich raufte meine Haare und starrte mein Spiegelbild an. Ich starrte so lange, bis ich das Gefühl hatte, als würde jemand Fremdes zurücksehen. Als wäre mein Gesicht eine Maske und meine Augen, die eines Fremden. Ich wurde von meinem Blick eingefangen und sah Verlangen. Mir wurde klar, was ich tun musste.

Zehn Minuten später klopfte ich an Janeys Tür, erleichtert und ungläubig. Was ich gerade getan hatte, war so spontan gewesen, dass es sich nicht anfühlte, als hätte ich es wirklich getan. Es war mehr, als hätte ich zugesehen, während jemand die Kontrolle übernommen hatte.

„Was gibt's?" Das war mein Stichwort hereinzukommen. Janey saß im Bett, schlief aber noch nicht. Ein geöffnetes Buch lag auf ihrem Schoß.

„Brock hat gesagt, dass ich aus meiner Wohlfühlzone herauskommen muss, richtig?" Ich war aufgeregt und zittrig, konnte das Lächeln jedoch nicht verstecken.

„Sicher." Sie sah mich mit leichtem Misstrauen an.

„Ich habe gerade ein Ticket nach Europa gebucht. Ich werde nach Europa reisen und vielleicht eine Weile dort bleiben."

Ihre Augen weiteten sich. „Was? Naja… wie lange…?"

„Ich weiß es noch nicht." Ich hörte auf herumzulaufen und setzte mich an das Fußende ihres Bettes. „Bin ich verrückt?"

„Vielleicht. Logan, du siehst völlig verschreckt aus."

„Ich denke, das bin ich auch. Ich bin völlig verschreckt und verrückt."

„Und warum grinst du dann wie ein Trottel?"

Ich schüttelte den Kopf und zuckte die Schultern. Dann lachte ich. Es klang viel zu hoch und nervös.

Janey lachte mit. Sie warf ein Kissen nach mir. „Er sagte, aus deiner Wohlfühlzone kommen, Dummerchen, nicht aus deiner Region."

# 9

Es DAUERTE bis zur Demonstration der Anarchisten, bis ich mich für Europa erwärmte. Ich hatte als meinen ersten Stopp Österreich gewählt. Innsbruck, um genau zu sein. Es gab keinen Grund für diese Wahl, mein Finger war einfach dort auf der Karte gelandet.

Miss Frances Barlow war natürlich außer sich und schrie mich am Telefon an, als ich am Flughafen wartete. „Ich will mein Buch, Mr. Brandish!" Ich sagte ihr, dass ich es ihr so bald wie möglich zuschicken würde. „Ich werde allerdings wohl für eine Weile ohne Internet sein." Lucille war tieftraurig, dass ich sie nicht mitnehmen wollte. „Warum hast du nicht daran gedacht mich mitzunehmen? Wir könnten so eine tolle Mutter-Sohn-Reise machen!" Aber der damit verbundene Tennessee Williams Aspekt, den ich mir vorstellte, gefiel mir nicht.

Hier war ich, endlich hatte ich meine Box verlassen. Ich wurde durchgeschüttelt und inmitten eines fremden Kontinents abgeworfen. Auf den Boden geworfen. Meine Reiseerfahrungen waren so beschränkt, dass ich nicht auf den Kulturschock vorbereitet war. Ich wusste, es würde ihn geben, aber ich wurde von meinem Ego betrogen, welches glaubte, ich könnte ihn mit Stil bewältigen. Mein Leben war keine Sitcom. Europa, so fand ich, war geschäftig, gehetzt und mit vielen Dingen gefüllt; es erlaubte mir nicht, so wie ich es gewohnt war, alles in mich aufzunehmen: Stück für Stück. Ich sehnte mich nach meiner kleinstädtischen, amerikanischen Existenz. Hier wurde einem alles zugeworfen, in einem Fangspiel, das niemand gewinnen konnte. Ich wurde davon überwältigt.

Die Europäer waren lebhaft. Sie hatten wenig Geduld mit schusseligen Amerikanern. Ich blieb für die ersten paar Nächte in einer Frühstückspension in Innsbruck. Es war nett, wurde von einer angenehmen Familie geführt und war nicht zu teuer. Und nicht *zu* nett. In etwa wie ein Motel 6 mit Frühstück.

Und es gab noch etwas, woran ich mich nur schwer gewöhnen konnte. Das Frühstück. Joghurt und ein Brötchen sollten mich bis Mittag versorgen? Ich dankte Gott für die Amerikanisierung von Europa und für McDonald's, die Er so freundlich an jeder Ecke platziert hatte. Ich ging sicher, dass die Kalorien, die ich zum Frühstück zu mir nahm, bis zum Ende des Tages verbrannt sein würde. In Europa ging man überall zu Fuß hin.

Und ich ging viel herum. Obwohl ich meinen Laptop mit der kaputten U-Taste dabei hatte und es überall Wi-Fi gab, beschloss ich, dass es besser wäre, wenn ich erst einmal auf das Internet verzichten würde und mich auf meine Umgebung konzentrierte. Ich wollte mich erst daran gewöhnen so weit von Adbury entfernt zu sein. Ich hatte allen erzählt, dass ich wohl einige Tage brauchen würde, um eine Internetverbindung zu bekommen und dass sie nicht erwarten sollten, sofort von mir zu hören. Das einzige, was ich ihnen schuldete, waren ein paar Telefonanrufe, um sie wissen zu lassen, dass mein Flugzeug nicht mitten in den Ozean gestürzt war.

Ich ging durch die großen Alleen und bezaubernden Seitengassen von Innsbruck. Ich stöberte in teuren Porzellanläden und schmuddeligen kleinen Geschäften herum. Ich fand ein nettes Glas, welches ich an Janey sandte und einen extravaganten Hut für Lucille. In der Nacht ging ich durch die Seitenstraßen, nahm die Atmosphäre in mir auf, die verrückten Kinder, die Heroinabhängigen. Es dauerte eine Weile, ehe ich mich nicht mehr fürchtete oder überwältigt fühlte, wenn ich bei Nacht unterwegs war. Allerdings war meine Inspiration auch noch nicht zurückgekehrt. Und war das nicht eigentlich der Sinn dieser Reise gewesen?

Am fünften Tag meiner Reise, im frühen Oktober, benutzte ich zum ersten Mal das Internet meines oft nervenden Laptops. Ich saß in meinem Zimmer an einem kleinen, cremefarbenen Tisch, den ich ans Fenster geschoben hatte. Von hier aus hatte ich Ausblick auf die Ecke eines Gebäudes. Ich überprüfte meine E-Mails.

Lucille war noch immer leicht verschnupft und „ein kleines bisschen verletzt", da ich sie nicht gefragt hatte mitzukommen, aber sie wünschte mir trotzdem alles Gute. Janey schrieb, dass Feed einen der Mormonen angegriffen hatte, was Stress in ihrer Beziehung nach sich zog. Ich nahm an, dass sie damit die Beziehung zwischen ihr und den Mormonen meinte, aber es hätte genauso gut die Katze sein können. Miss Barlow verlangte ein paar neue Seiten und schaffte es irgendwie, dass ich ihre Stimme über die Meilen an Ozean und Land hören konnte. Akbar Sobule wollte, dass ich ihm fünf Millionen Dollar sandte, damit er seine Tante von den australischen Schafhirten befreien konnte, die sie entführt hatten. Im Gegenzug würde er mir ein Geheimnis verraten, wie ich meinen Penis verlängern könnte. Und Brock... Brock sagte hallo.

Aufgewühlt von meinen bisherigen Erfahrungen war es wohl keine gute Idee, die Amazon-Seite aufzurufen, um wieder einmal die Verkaufsränge meiner drei Bücher zu überprüfen. Aber ich tat es und es war, als hätte man mir ins Auge gestochen. Mein Herz sank mir in die Magengrube, als ich sah, dass mein neuestes Buch, *Nichts als Ärger*, nicht mehr vier, sondern nur noch dreieinhalb Sterne hatte. Ein einziger Rezensent hatte mir einen Stern gegeben. Gegen mein besseres Wissen las ich die Rezension, die er geschrieben hatte.

Sie machte mich wütend.

Von Anfang an war es klar (zumindest *mir* war es klar), dass der Rezensent das Buch nicht richtig gelesen hatte. Wie hätte er es auch können? Es war klar, was ich versuchte zu sagen. Wenigstens dachte ich so. Aber er begriff nicht und das, zusammen mit allem anderen, wollte mich zurückschlagen lassen. Mit jedem Wort, das ich las, war es, als ob mein Bauch mit Steinen gefüllt werden würde. Große, poröse Steine, die die Auskleidung zerkratzten. Ich umklammerte die Kanten des Schreibtisches und wiederholte die angreifenden Worte in der Rezension laut.

*„Kindisch?"*

*„Banal?"*

*„Ungeschickt?"*

116

Der Rezensent beendete seine Tirade mit „nicht, was ich von dem Buch erwartet hatte". Ich saß vollkommen ernüchtert am Tisch und wollte Rache. Ich wusste, dass es nicht klug war, aber ich wollte mein Schreiben verteidigen. Dieser Rezensent hatte mein Baby angegriffen. Mein liebstes Baby. Ich wollte ein paar der giftigeren Bemerkungen zurückschmettern, wollte ihn einsehen lassen, dass er falsch lag. Dann wollte ich ihn aufspüren und ihn spüren lassen, wie sehr er mir wehgetan hatte, indem ich ihm auf den Kopf schlagen würde. Immer wieder.

Ich beschloss, dass ich – verdammt noch mal – ein Kommentar bei dieser Rezension hinterlassen würde. Also klickte ich auf den Button. Zu meiner Überraschung hatte das allerdings schon jemand übernommen.

*„Versuch das nächste Mal eine Rezension zu schreiben und keinen Angriff. Scheißkerl."*

Der Name, der dabei stand, war „Brock". Es gab keine sonstige Info auf seinem Amazonprofil. Keine sonstigen Rezensionen, keine Freunde. Aber ich wusste, dass dieser „Brock" mein Brock war. Er hatte ein Konto erstellt, nur um mich zu verteidigen. Mir war plötzlich nach Weinen zumute und das lag nicht an der schlechten Rezension.


AM NÄCHSTEN Tag sollte es eine Demonstration der Anarchisten, in den Straßen Innsbrucks, geben. Es war ein angenehmer Tag dafür. Ich war von ihnen fasziniert und gleichzeitig etwas angespannt, weil sie so nahe bei mir war. All diese Wut und Feindseligkeit an einem Ort war nicht gesund. Doch ich hätte mich nicht sorgen brauchen, denn die kühle Herbstluft schien selbst den wütendsten der Marschierer zu beruhigen. Menschen, wie ich, standen an den Straßen um die Show zu verfolgen (und wenn ich „Menschen" sage, meine ich Touristen, denn die Österreicher schienen völlig gelangweilt zu sein). Die Anarchistendemo war überall in Innsbruck mit Flyern und elektronischen Medien angekündigt worden. Ich fand diese Voraussicht, Struktur und Vorbereitung ziemlich erstaunlich, wenn auch ein wenig verwirrend – weil, per Definition, Anarchisten generell solche Dinge verabscheuten.

Sie waren überwiegend jung. Manche waren gefährlich nahe dran, zu schön für eine solche Arbeit zu sein. Viele von ihnen sahen unglaublich dünn aus, als wären sie schon seit Wochen marschiert. Das war, so vermutete ich, der Stil oder der Punkt daran. Ihre dumpfe Kleidung hing an ihren Körpern herab, während sie marschierten. Es gab keinen Eingriff vonseiten der Polizei. Sie sahen ebenfalls zu. Ich beobachtete mit Interesse die Gesichter der anderen Amerikaner um mich herum. Man kann den Amerikaner in einer internationalen Menge immer herausfiltern. Sie schimmern einfach zu sehr. Ich stellte mir vor, dass sie sich fühlten wie ich. Ehrfürchtig und ein wenig entsetzt. Ich war noch nie so nahe an einem wütenden Mob gewesen und hatte das Gefühl, dass meine amerikanische Ausstrahlung sie nur noch wütender machen würde.

Zwei Gesichter auf der anderen Straßenseite waren mit Freude erfüllt. Sie jubelten den Anarchisten überschwänglich zu. Zwei Frauen in lebhafter Kleidung, die zusahen, als wäre es eine Schwulenparade. Sie bemerkten mich kurz nachdem ich sie bemerkt hatte. Die Frau mit kurzen blonden Haaren winkte mir zu, als ob sie mich kannte, ehe sie etwas zu der anderen Frau, einer sehr großen Afroamerikanerin mit blauem Hut, sagte. Ich lächelte und nickte ihnen zu, um dann etwas peinlich berührt wegzusehen. Als ich wieder aufblickte, waren sie dabei, die Straße zu überqueren. Sie kamen auf mich zu, durch den Strom aus Anarchie, als wäre es nur eine belebte Straße in New York.

Sie kamen zu mir, eine links, eine rechts und lächelten mich mit den strahlendsten Zähnen Europas an. „Sieh mal, Vera! Ich hab dir doch gesagt, er ist es. Hab ich es nicht gesagt?"

„Das hast du wirklich." Die große schwarze Frau hielt mir ihre Hand für einen Kuss hin und ich folgte der Geste. „Ich bin Vera. Das hier ist Miss Cassie Bloom."

„Ich glaube nicht, dass er weiß, wer wir sind, Vera. Er weiß nicht, wer wir sind!" Dann, an mich gewandt: „Wir sind Freunde von Cliff. Du hast dieses wunderbare Buch für ihn geschrieben …"

*„Deswegen war mein Hintern rasiert?"*

„Genau, das war es. Danke, Vera."

„Mhmmm."

Sie pausierten. Ich war endlich in der Lage zu sprechen. „Ihr kennt Cliff?"

„Wir sind praktisch *Familie*."

Vera: „Mütter."

Cassie: „Tanten."

Vera: „Schwestern."

„Wie auch immer, du bist sicher Logan Brandish, richtig?" Cassie führte das Gespräch zum größten Teil, während Vera ein Auge auf die Umgebung hatte.

„Der bin ich. Ich bin hier um ein wenig Recherche zu betreiben. Oder besser gesagt, etwas Inspiration für die Recherche zu bekommen."

Vera runzelte die Stirn leicht. „Ein wenig schlapp im Literaturbereich, Schätzchen?"

„Uh, ja. Mein Lektor ... oder besser gesagt, er war mein Lektor ..." Ich sah die blitzschnellen Blicke, die die beiden sich zuwarfen. „Er denkt – oder dachte – dass eine Reise, um meinen Horizont zu erweitern, mich aus meinem Trott reißen würde."

„Mhmmm. Mhmmm." Vera nickte. „Er hat recht, Süßer. Niemand will ein langweiliges Buch lesen. Du musst es ausgefallen und hip halten. Reisen, die Welt sehen, neue Leute treffen – das ist der richtige Weg."

„Genau", meinte Cassie. „Triff dich mit neuen Menschen und du brauchst keine Charaktere mehr zu erfinden. Nimm einfach diejenigen, die du getroffen hast und schaffe daraus deine Charaktere. Stell dir mal vor wie viel Denkarbeit du dir damit ersparst. Wenn du einen religiösen Eiferer in der Nachbarschaft hast, gib ihm einen Lederfetisch."

„Einen Lederfetisch?"

Cassie nickte. „Die Religiösen sind die Perversesten. Das liegt alles in dieser Unterdrückung. Es ist völlig glaubhaft in einem Buch. Alles ist glaubhaft."

Cassie hakte sich an einem Arm unter, Vera am anderen. „Lasst uns was essen gehen."

Wir fanden einen Tisch in einem Café abseits der Paraderoute. Der Lärmpegel war viel akzeptabler und es gab keine Menschenansammlung. Meine zwei neuen Freundinnen hatten ihre Drinks bereits, bevor sie sich überhaupt setzten.

„Also, bist du mit jemandem zusammen?", fragte Cassie, als sie sich mir gegenüber gesetzt hatte.

„Cassie!", schalte Vera.

„Ich habe einen Sohn", fuhr sie fort. „Und *du* könntest genau der Richtige für ihn sein."

„Ich denke nicht, dass ich im Moment irgendjemandes Richtiger bin."

So etwas wie mütterliche Sorge zeigte sich auf Cassies Gesicht und sie legte ihre Hand über meine. Es war eine Intimität, die mich etwas überraschte – sowohl die Handlung selbst als auch der Grund.

„Es geht mir gut", fügte ich hinzu. „Ich bin aus der Selbstmitleidsphase schon wieder heraus. Größtenteils."

„Wie gefällt dir Innsbruck?" Cassie lehnte sich wieder zurück und vollführte dann eine ausschweifende Handgeste. „Wie wirkt *das* alles auf dich?"

„Es ist nicht Adbury."

„War das nicht der Grund für die Reise?"

„Das ist wahr, ja. Aber ich war immer mehr ein Einzelgänger. Denjenigen, die Einzelgänger sind, fällt es schwer, alleine an neuen, ungewohnte Orten zu sein."

Vera lehnte sich über den Tisch und sah mir in die Augen. „Du brauchst jemanden mit dem du schlafen kannst."

„Genau, das ist es! Vera, du hast es auf den Punkt gebracht. Logan, du wirst mit uns nach Rom kommen. Es ist entschieden. Wir brechen morgen auf. Du wirst es lieben, Rom ist die perfekte Stadt für Schriftsteller und Künstler. Es ist bis an den Rand mit Lust erfüllt. Man atmet es wie die feuchte Herbstluft ein. Wir könnten deine Reiseführer sein."

„Und deine Kuppler." Vera zwinkerte.

„Was sagst du? Klingt das nicht nach Spaß? Und bevor du antwortest, solltest du wissen, dass alles andere als ein ‚Ja', als ein Kriegsakt betrachtet werden wird."

Zugegeben, es klang nach Spaß. Und ich würde nicht allein sein. Nach einem Moment sagte ich: „Ich wollte schon immer nach Italien."

„Jeder will nach Italien. Wegen der Italiener."

„Und Lust! Oh Vera, wir werden solchen Spaß haben!"


IN ROM hatten sie ein Haus für unbestimmte Zeit gemietet. Rom, antik und ausufernd wie es eine Stadt nur sein konnte, würde die Antwort auf meine Schreibblockade sein. Egal, wo man in Rom stand, man war immer im Zentrum von Überfluss und verfallender Schönheit. Und es schien, dass Cassie und Vera sehr wohlhabende Leute kannten. Die Üppigkeit des Hauses war mit dem St. Regis zu vergleichen. Hohe Decken, exklusive Teppiche und Sofas, alle Kanten waren vergoldet. Wie bei vielen anderen edlen Orten waren auch hier die Räume mit alten Möbeln vollgestellt. Manche der Räume hatten Deckengemälde und es war leicht für mich, mir die Möbel als verzauberte Kunden vorzustellen, die gekommen waren, um mit Staunen nach oben zu blicken.

Cassie und Vera waren sehr rücksichtsvolle Reiseführer, die schon am ersten Tag alles mit einer Dynamik präsentierten, die an die Performancekünstler auf der Piazza erinnerte. Sie stellten Szenen aus berühmten Filmen nach, deren Kulisse in Rom gelegen war, wobei ich ihnen allerdings bald sagen musste, dass ich die meisten Filme aus ihrem Repertoire nicht kannte. Ich kannte die Namen Federico Fellini, Roberto Rossellini und Vittorio di Sica, aber ich konnte mich an keinen ihrer Filme erinnern. Die Leute um uns konnten es und die zwei Damen erhielten ziemlich viel Applaus.

Wir gingen nahe dem Trevi Brunnen, beziehungsweise schlenderten wir eher. In Rom konnte man nur schlendern, vor allem als Amerikaner. Vera verhandelte mit einem Straßenverkäufer über den Preis eines violetten Schals, in den sie sich „heftig und hoffnungslos verliebt" hatte. Es waren nicht viele Menschen um uns herum. Es war mir gesagt worden, dass die Straßen Roms im Herbst nicht so überfüllt waren. Cassie erzählte mir, dass man sich in den Sommermonaten manchmal kaum bewegen konnte, weil es so voll war. „Und es kann unerträglich heiß werden. Du hast dir die beste Jahreszeit ausgesucht, finde ich."

„Es ist sehr nett hier. Lucille – meine Mutter – würde es hier gefallen. Sie war sauer, dass ich sie nicht mitgenommen hatte. Nun, sauer auf ihre ganz eigene, höfliche Weise."

„Manchmal braucht man eine Pause von allem und jedem. Vielleicht kannst du ihr das erklären. Manchmal muss man der Fremde in der Stadt sein und sich fürchten."

„Das ist etwas, was ich endlich zu verstehen beginne." Wir setzten uns an einen Tisch, nahe dem Brunnen. „Ich kann mein Blut wieder durch meinen Körper rauschen spüren. In Adbury hätte ich nicht behaupten können, das Gefühl zu kennen."

„Du lebst endlich. Ich denke, deine Mutter würde es verstehen."

„Vielleicht. Aber sie hätte es am nächsten Tag schon vergessen." Ich lachte verlegen. „Du erinnerst mich an Lucille."

„Sie liebt es zu trinken, nicht wahr?" Cassie grinste verschmitzt.

„Nein. Nun ja, doch. Tut sie. Manchmal exzessiv. Aber ich denke, dass du bist, was sie im Inneren ist. Sie wollte das Leben erleben, konnte es aber nie. Sie hatte Regeln zu befolgen und das hat sie so gut wie nur möglich getan. Sie hat den Mann geheiratet, den sie heiraten sollte. Sie sind Freunde, aber nicht wirklich Mann und Frau. Das hatte ich schon als Kind sehen können."

Ich war still. In meinem Kopf kam jetzt alles zusammen.

„Du klingst wie mein Sohn Jason", sagte Cassie. „Er versucht noch immer *seine* Mutter zu enträtseln. Und er hat oft den gleichen Blick."

„Welchen Blick?"

„Dass, wenn er nur etwas länger auf das Problem starrt, er die Lösung findet. Aber solche Lösungen sind schwer zu finden, weil sie tief im Herzen und Geist anderer Menschen verschlossen sind."

Vera kam zurück, mit ihrem neu erworbenen Schal.

„Hast du gut verhandelt?", fragte Cassie.

„Wer weiß? Ich habe mehr geflirtet als verhandelt. Ich glaube, ich habe ein Date."

„Wir brauchen eines für dich", meinte Cassie zu mir. „In dieser Stadt, diesem Land solltest du einem Wink von Henry James folgen. Kennst du ihn?"

„Natürlich. Verpflichtende Lektüre."

„Er hat Italien oft besucht. Und offenbar hatte er auch eine Gefolgschaft aus Männern. Seine ‚heiß geliebten Freunde'. Das ist, was du brauchst. Ein paar ‚heiße Geliebte'. Mehr als einen. Eine ganze Gruppe, nur zum Spielen." Cassie stand auf. „Komm, lass uns ein paar Männer für dich finden."

„Jetzt?"

„Was du heute kannst besorgen, das verschiebe nicht auf morgen", meinte Vera dazu.

Sie und Cassie flankierten mich und wir schlenderten durch die Straßen Roms, auf der Suche nach neuen Möglichkeiten. Ich fühlte mich dumm, aber ich mochte das Gefühl dennoch. Mein Blut rauschte. Wir fanden keinen – zumindest nicht an diesem Tag – aber wir sahen ansprechende... Architektur.

Die Nächte im Haus waren, als würden sie jede Collegeparty nachholen, die ich je verpasst hatte – nur ohne die gedämpfte Beleuchtung. Die Fröhlichkeit und das Gelächter sprangen zwischen den alten, orangen Wänden und den Kristallkronleuchtern hin und her und wehten auf die Straßen Roms hinaus. Cassie und Vera waren auch betrunken unglaublich akrobatisch. Kein Weinglas wurde zerbrochen und kein Tropfen Likör verschüttet. Was von mir nicht gesagt werden konnte. Sie trugen extravagante Kleidung – Salome, Lucrezia Borgia und viele andere – und luden einige interessante Leute ein. Manche sahen sehr vornehm aus, andere fragwürdig. Manche sahen wirklich sehr zweifelhaft aus, allein in ihrer Behauptung, menschlich zu sein, mit all den durch Operationen modifizierten Körpern. Ich stellte mir diesen Grad an Vielfalt als den Grund vor, warum die großen Städte der Welt im frühen zwanzigsten Jahrhundert ein Magnet für Schriftsteller, Künstler und die Biedermänner waren, die von einem Geruch der Gleichheit angezogen wurden.

Es war in einer Nacht in der ersten Woche in der Ewigen Stadt, als ein gut aussehender Briefträger ins Haus kam. Er hatte ein Paket für Vera dabei (die, wie ich an diesem Tag entdeckt hatte, physisch einmal ein Mann gewesen war), wurde aber dazu angehalten, noch etwas zu bleiben. Cassie, Vera und ihre Freundin Veronica waren sehr überzeugend in der Kunst der Verführung. Ich konnte nicht sagen, wie viel Überzeugung notwendig war. Auf den ersten Blick hatte er die Party mit einem verwunderten und erwartungsvollen Blick beobachtet. Sein Name war Marco und er würde der erste meiner ‚heiß geliebten Freunde' sein.

Marco hatte kurzes, dunkles Haar und ein unschuldiges Gesicht, mit smaragdgrünen Augen und vollen Lippen. Seine dunkelblaue Uniform war ein wenig altmodisch und es überraschte mich, dass Briefträger in dieser Welt von LOL und OMFG noch existierten. Er trug eine zweireihige Jacke. Seine Hose war perfekt an seine Oberschenkel und seinen Hintern angepasst, als wären sie professionell gemacht worden (und das war gut möglich in Rom). Aber das kümmerte mich nicht lange, denn eine Stunde später wälzten wir uns auf einer Sitzecke, die etwas von der Party entfernt war, nackt und Porzellanfiguren umstoßend. Er war hungrig, kleiner als ich und hatte die flexibelste rote Zunge, die ich je gesehen hatte. Eine Zunge, die Magie heraufbeschwören konnte. Wo sie überall hinkam! Schon bald war das Vorspiel vorbei und das Grabschen und Festklammern begann. Wir schüttelten die Bilder von den Wänden und ich konnte endlich etwas von dem Frust loswerden, der sich seit meinem letzten Treffen mit Brock angesammelt hatte.

Ich hielt mich allerdings zurück, um nicht alles zu verbrauchen, doch auch andere Gründe spielten eine Rolle. Erstens wollte ich meinen neuen Freund nicht verletzen. In meiner Gier wäre das gut möglich gewesen. Zweitens brauchte ich dieses Verlangen, dieses

Feuer, für mein Schreiben. So dachte ich zumindest. Denn was wäre ein Autor ohne Verlangen?

MEIN SCHREIBEN – der Grund oder der *Haupt*grund, weswegen ich auf die Reise gegangen war – hatte sich stark verlangsamt. Mein Laptop begann Staub zu sammeln. Ich vergaß meine Mails zu überprüfen und mein Blog… Welcher Blog? Es war zu einem Großteil wegen Cassie, Vera, Marco und der Rest der sonderbaren Versammlung, wie ich sie nannte. Sie befreiten mich. Meine Routine – und ich hatte versucht mich daran zu halten, zumindest für eine Weile – wurde in der zweiten Woche komplett vernichtet. Ich hatte kein Bedürfnis eine abenteuerliche Romanze zu schreiben, wenn doch das Wahre in meinen Schoß gefallen zu sein schien. Zum ersten Mal war mein wahres Leben besser als das fiktive, das ich mir erträumt hatte. Ich hatte Spaß. Ich aß wann und was ich wollte. Ich hatte Sex. Viel Sex. Es war eine (fast) schuldfreie, ungläubige Existenz.

Die Damen fragten mich immer wie mein Buch voran ging. Sie nannten es mein „*Eat Gay Love*". Vera fand es ziemlich komisch und lachte leicht, gefolgt von ihrem „Mhmmm, mhmmm". Ich antwortete, dass alles gut ging. Dass ich von ihnen inspiriert worden war. Sie nahmen das Kompliment an, doch ich bezweifelte, dass sie es glaubten.

Nach einer weiteren, wütenden Mail von Miss Frances Barlow, in der sie mich der Faulheit und Undankbarkeit gegenüber des Verlages beschuldigte, beschloss ich, ernsthaft an meinem Manuskript zu arbeiten, um sie vielleicht einmal loswerden zu können. Ich brauchte einen eigenen Platz, fern von Unterbrechungen. Marco fand, dass das eine gute Idee war. „Ein neuer Platz für Sex", sagte er mit seinem starken Akzent.

Die Damen waren traurig darüber, boten mir allerdings an, Schlägertypen und Regierungsagenten auf Miss Barlow anzusetzen. Aber sie verstanden schließlich und halfen mir, eine eigene Mietwohnung zu finden.

Mit etwas Hilfe fand ich einen etwas heruntergekommenen Ort, der allerdings Charme hatte und mich inspirieren könnte. Die Damen waren zunächst nicht beeindruckt und boten mir finanzielle Hilfe an, sollte ich doch lieber ein Hotelzimmer nahe am Zentrum Roms nehmen.

„Du wirst dir den Schwarzen Tod holen", sagte Cassie. „Ich schwöre, er hängt noch hier. Sieh dir diese schimmligen Wände an!"

Ich dankte beiden für ihre Hilfe, nahm die Bude aber.

Die Wände der kleinen Hütte waren schmutzig braun, bleich und von der Zeit gezeichnet. Staub hing in der Luft, weil es keine Möbel gab, woran er sich hätte festsetzen können. Dennoch, Strom und Wasser funktionierten und nichts ließ den Ort verdammt wirken. Ich hatte in den befremdlichsten Augenblicken meine Zweifel, wann immer ich den Komfort von Cassies und Veras Haus vermisste. Aber ich erinnerte mich daran, warum ich überhaupt nach Europa gekommen war.

Was die Hütte für mich so besonders machte, war der Blick, der sich hinter den Doppeltüren zum Hinterhof hinaus bot. Verschlungen und wild lag dort ein üppiger Garten, mit geborstenen Steinwegen. Er war klein, aber würde mein sein.

Mein erster Kauf war ein Campingstuhl, in dem ich, bei offenen Türen und mit Blick auf den Garten, mit meinem Laptop sitzen konnte. Ich kaufte den Stuhl, bevor ich überhaupt an ein Bett dachte. (Cassie sorgte dafür, dass ich zumindest eine Matratze und annehmbare Bettbezüge hatte.) Auch als es schon kälter wurde in Rom, saß ich mit offenen Türen da, in eine Decke gewickelt und warmen Tee trinkend, während ich an den Seiten für Miss Barlow schrieb. Wenn man mich gefragt hätte, was ich geschrieben hatte, hätte ich es nicht beantworten können. An diesem Punkt war mein Plot in etwas Unerkennbares mutiert. Ich schrieb nur, um etwas für meinen Verleger zu haben und es war außer Kontrolle. Miss Barlow würde mich dafür anbrüllen, sobald sie es bekam oder vielleicht auch nicht. Vielleicht schrieb ich gerade etwas Brillantes, vielleicht war es gar die Medizin für alle Krankheiten der Welt. Schreiben ist ein Straucheln. Für mich war es immer eher so gewesen, dass ich ein

Wort gegen das andere stoßen ließ, um herauszufinden, ob sie gut zusammenklangen.

Es dauerte nicht lange bis Cassie und Vera mich aus meiner Hütte schleiften und zu einem Club mitnahmen. Der glatzköpfige Türsteher war ein Gigant, mit mehr Muskeln, als ich es je außerhalb eines Superheldencomics gesehen hatte. Er trug ein völlig schwarzes Outfit, dessen Ärmel seine Oberarme zusätzlich betonten. Nicht, dass es nötig gewesen wäre. Er war von einer Horde Bewunderer umgeben – junge Männer, die alle eine Chance wollten. Er nickte mir zu, als ich eintrat und sein affengleiches Gesicht nahm einen sanften Ausdruck an, den ich nicht erwartet hatte.

Vera bemerkte mein Interesse. „Das ist ein verruchtes Lächeln, Logan Brandish. Das pulsiert richtig vor Sünde."

Der Club war etwas zu schick für mich, aber die Damen hatten Spaß. Die anderen Gäste schienen einen Wettbewerb abzuhalten, wer mehr Langeweile ausstrahlen konnte. Langeweile war wohl todschick hier. Aber ich hatte meine Unterhaltung. Der Türsteher und ich beobachteten uns den restlichen Abend, wann immer er im Club nach dem Rechten sah. Er ließ meinen Magen knurren. All diese Muskeln, die noch unter der Kleidung versteckt waren. Ich beschloss, dass ich etwas mehr Aggression herauslassen musste. Ich wollte jede Faser seines starken, gestählten Körpers. Ich wollte Male hinterlassen.

Wie er von seiner Arbeit an der Vordertür wegkam, konnte ich nicht sagen. Aber irgendwie schaffte er es. Sex ist eine genauso gute Entschuldigung wie alles andere, um nicht arbeiten zu müssen. Er deutete mir, ihm zu folgen. Cassie und Vera genossen gerade die Aufmerksamkeit einiger Verliebter, also konnte ich ohne Fragen wegschleichen. Er führte mich in ein Hinterzimmer, das für Partys und spezielle Dinners reserviert war. Dort standen Tische mit weißen Tischtüchern, außerdem drei Stapel Stühle. Wir wechselten kein Wort, weder auf Englisch noch auf Italienisch. Ich wusste nicht einmal sicher, ob er Englisch sprach – zumindest für eine ganze Weile nicht. (Er konnte Englisch sprechen, wenn auch kein gutes.) Ich hatte vor der Reise noch einen Crashkurs in Italienisch erhalten, doch ich hatte nichts gelernt, was mich bei einer tiefgehenden Konversation gerettet hätte.

Er schälte sich aus seiner Kleidung, um einen völlig haarlosen Körper zu entblößen. Er begann für mich zu posieren. Auch wenn ich von seiner Größe beeindruckt war, war ich nicht für eine Bodybuilding-Vorstellung gekommen. Als er die Muskeln anspannte, kam ich auf ihn zu und küsste seine Schultern, während ich an seinem Bizeps und seinem Rücken entlang strich. Meine Finger fuhren immer tiefer. Dann, zu seiner Überraschung, schlug ich ihm auf den Hintern. Ich schlug so hart, dass es im Raum widerhallte. Sein Grinsen zeigte mir, dass es ihm gefiel.

Ich beugte ihn über den Tisch, während meine Finger in ihn eindrangen. Ich war nicht an einem Vorspiel interessiert. Ich wollte keine Romantik, ich wollte Sex. Als ich in ihn eindrang, war ich nicht zurückhaltend. Es war heftig und er grunzte und schrie, während ich immer härter in ihn stieß. Es hätte mich nicht gekümmert, wenn ein Gast oder Angestellter hereingekommen wäre. Nichts hätte mich stoppen können.

Manchmal benutzte ich seine Schultern als Stütze, benutzte sie als Kontrolle. Dann wieder umfasste ich seine Pobacken, während ich härter und härter zustieß, was große, rote Male hinterließ. Die Geräusche, die er von sich gab, waren animalisch. Auf Konfrontation aus. Und ich war dabei, diese Konfrontation zu gewinnen.

Ich beschloss, dass ich sein Gesicht sehen wollte, also drehte ich ihn herum. Ich massierte seine Oberschenkel, während ich meinen Frust herausließ. Er war praktisch in der Mitte gefaltet, seine Knöchel auf der Höhe seines Gesichtes. Ein Gesicht, welches eine ungläubige, aber auch erregte Miene zeigte – wenn er sich nicht gerade völlig im Moment verlor. Er fluchte auf Italienisch, ich auf Englisch. Wir waren Liebhaber und Kämpfer. Testosteronkönige.

Einmal verlor ich die Kontrolle völlig und schlug ihm so stark auf die Brust, dass er aufschrie. Als ich bemerkte, dass es ihm gefiel, tat ich es erneut. Ich zog an seinen Hoden, biss in seine Brustwarzen und hielt sie zwischen den Zähnen fest, während ich daran zog.

An was auch immer ich denken konnte – wir taten es. Wie wir es überlebten, war ein Mysterium.

Endlich, nachdem ich meine gesamte Energie und Wut verbraucht hatte, lagen wir nebeneinander auf dem Teppichboden. Unser schweres Atmen war das, was an diesem Abend einer Konversation am nächsten kam. Wir waren rot von unseren Händen und Schweiß.

„Hey, wie heißt du?"

„Roberto." Er atmete viel schwerer als ich.

„Schön dich kennenzulernen, Roberto. Ich bin Logan. Willst du das hier einmal wiederholen?"

# 10

WÄHREND SIE nicht unbedingt der Literatur zugewandt waren, waren meine „heiß geliebten Freunde" wohl mindestens genauso aufregend für mich, wie die von Henry James für ihn gewesen sein mochten. Marco und Roberto füllten beide eine Leere. Eine absichtliche Leere, wie ich bemerkte. Ich liebte sie nicht, aber der Sex war befreiend. Nach einer kurzen Zeit vergaß ich alle verbleibenden Routinen und Listen. Routinen funktionieren nicht mit Leere zusammen.

Ich bin mir ziemlich sicher, dass Henry James nie an seinem Laptop gesessen und nicht in der Lage gewesen war, auch nur ein einziges Wort zu schreiben, weil er von einem Sonnenstrahl abgelenkt worden war, der auf den muskulösen Rücken und Hintern seines schlafenden Freundes fiel. Und es ist gut möglich, dass wenn er in Schreibstarre gewesen wäre, er zu viel Klasse und Anstand gehabt hätte, als dass er seinen Laptop zur Seite gestellt und seinen Freund mittels Rimming geweckt hätte. Aber ich war nicht Henry James. Ich war von jeglichem Anstand zu Tode genervt. Also schob ich einmal mehr meine Gedanken an Brock zur Seite und kümmerte mich um Roberto. Die Tatsache, dass keiner meiner zwei neuen Gefährten etwas Ernstes von mir wollte, machte die Sache viel einfacher.

Obwohl ich von meiner neuen Lebensweise gut genährt wurde, bedeutete das nicht, dass ich meine alten Verbindungen kappte. Janey hielt mich immer auf dem Laufenden, was in Adbury und der Welt im Ganzen passierte, da ich keinen Fernseher hatte. Ich weigerte mich, eine der englischen Zeitungen zu kaufen. Es passierte nicht aus Snobismus, sondern aus dem einfachen Grund, dass ich Ignoranz und Glückseligkeit den weltweiten Problemen vorzog.

„Oh, alles was ich durchgemacht habe! *Gottverdammte Scheiße!*" Janey jammerte, während ich mit Marco nackt vor den Türen zum Garten hin lag. Marcos Finger strichen über meinen Bauch, als würde er ein Instrument spielen. Ich konnte hören, dass es in Adbury stürmte.

„Verlierst du deine Religionen?"

„Beide! Sie haben entdeckt, dass ich sie beschwindelt habe. Ich denke, jemand hat mich verraten. Ich wette, es war diese Zeugen-Schlampe, die ich alleine auf der Straße gesehen habe, wie eine ... Spaziergängerin. Ich bin so wütend, ich könnte schreien."

Ich konnte nicht anders als zu lachen. Marco lächelte, als meine Bauchmuskeln zitterten. Er begann meinen Bauch leicht zu küssen.

„Was wirst du tun?", fragte ich.

„Nun, sie kamen zusammen zum Haus, die Mormonen und die Zeugen und haben ein Ultimatum gestellt ..."

„Eine alte Tomate", murmelte ich, in Erinnerung daran, was ich als Kind immer „missverstanden" hatte.

„Wie auch immer", meinte sie und schob meinen Witz zur Seite. „Sie haben mich – wortwörtlich – in die Ecke gedrängt, alle vier von ihnen und sagten, ich müsse mich zwischen ihnen entscheiden. Welchem Gott werde ich folgen? Es war sehr heftig. Ich wusste nicht, was ich tun sollte. Ich war so beschämt und verärgert und nicht einmal die Katze half mir. Sie hat es nur mit einem Fauchen beobachtet."

Ich vermisste diese Katze.

„Also bin ich einfach gerannt."

„Du bist weggerannt? Wohin?"

„Die Treppe hinauf. Ich gab vor hysterisch zu sein und knallte die Tür zu. Ich blieb dort drin und heulte wie ein geschlagenes Kind, bis ich sie gehen hörte. Dann konnte ich mit dem vorgetäuschten Weinen aufhören."

„Vorgetäuscht? Bist du dir da sicher?"

„Natürlich habe ich es nur vorgegeben." In ihrer Stimme lag ein schneidender Ton. „Ich habe danach Kekse gebacken."

„Es *war* ein großes Projekt, Janey. Keiner würde es dir übel nehmen, wenn du an ihnen hängst ..."

„*Scheiß drauf.* Ich brauche die nicht und auch nicht ihre Götter. Es geht mir gut. Ja, es geht mir gut, auch ganz allein."

Es gab eine verräterische Pause. Ich kannte sie gut genug, um zu wissen, dass sie gerade auf ihre Unterlippe biss.

„Wie auch immer, ich lege besser auf."

„Na gut. Man spricht sich."

„Oh, warte!" Sie hatte fast geschrien. „Ich habe etwas vergessen. Brock hat ein paarmal angerufen, um zu fragen, wie es dir geht. Wir haben ziemlich viel gesprochen. Ich habe ihm gesagt, dass es dir gut geht und du eine gute Zeit hast, ohne ihn."

Ich setzte mich auf, als hätte man gerade eine Bleikugel in meinen Schoß fallen lassen. Ich hatte seit Tagen nichts von Brock gehört, eher schon mehr als eine Woche. Nicht eine Nachricht, nicht eine E-Mail. „Brock hat angerufen?" Ich klang panisch. „Wie oft hat er angerufen? Was hat er gesagt?"

Aber sie hatte sich schon verabschiedet und aufgelegt. Und hier war ich, auf dem Boden einer heruntergekommenen Hütte, in den Armen eines nackten Italieners, der meinen Hals beknabberte. Ich erwischte mich dabei, wie ich „Fick mich" in einer Vielzahl von Bedeutungen dachte.

Meine neuen Freunde und ich trafen uns auf der Piazza Navona, um etwas zu essen und zu trinken. Nicht alle der sonderbaren Versammlung waren gekommen, aber zumindest die, die mir mittlerweile am sympathischsten waren. Marco und ich mussten nicht lange auf unsere Freunde warten. Cassie und Vera tauchten zuerst auf, beide in umwerfender neuer Kleidung, die sie nach einer herbstlichen Modenschau für Frühlingskleidung gesehen hatten.

„Wir setzen die Trends!", ließ Vera verlauten.

Sie hatten zwei andere im Schlepptau: Gio, ein schüchterner Italiener, der in den Staaten aufgewachsen war und Veronica, eine britische Malerin, deren Augen Apathie oder Drogenmissbrauch ausstrahlten. Roberto kam zuletzt. Eine leichte Kühle lag in der Luft, was allerdings nicht unangenehm war. Alle, außer Roberto, trugen langärmlige Sachen oder Jacken. Roberto trug ein Netztop und eine glänzende, enge Lederhose.

Wir bestellten und das Essen und die Getränke kamen und gingen, kontinuierlich und langsam. Die Unterhaltung war angenehm, manchmal neckend, aber immer interessant.

Nachdem Cassie und Vera damit geendet hatten, uns von den Menschen zu erzählen, die in ihrer Straße in Amerika lebten (wobei sie übertrieben, so war ich mir sicher), wandte sich die Aufmerksamkeit der Gruppe mir zu.

„Buch", sagte Roberto. Er sprach immer in einzelnen Worten, wenn er auf Englisch sprach. Er bellte sie und diese Art zu kommunizieren erinnerte mich umso mehr an einen großen, niedlichen Gorilla. Marco war hier, um ihm (oder uns) zu sagen, was er (oder wir) sonst nicht verstanden hätten.

„Ich denke, Roberto will wissen, wie dein Meisterwerk vorankommt", meinte Vera.

„Ja. Erzähl mal." Veronica sprach in verschlafenen Silben. Jedes Wort war mit dem nächsten ohne Pause und mit wenig Sorge um Interpunktion verbunden.

„Nun ..." Ich wusste nicht, was ich sagen sollte. Ich schrieb, aber ich konnte mich an kein Wort erinnern. Ich schien gedanklich immer abzuschweifen, während ich tippte. „Es kommt voran, mit oder ohne mich."

Cassie lachte und nahm ihr Glas. „Tatsächlich."

„Ich weiß nicht, was gerade damit passiert. Ich weiß es wirklich nicht. Ich fürchte, ich brauche dringend einen Lektor, aber ich will verdammt sein, wenn ich das vor Miss Frances Barlow zugeben sollte."

„Was willst du tun?", fragte Marco.

„Ich habe darüber nachgedacht. Ich habe einen Freund hier in Italien. Nun, eine Bekanntschaft. Ihn einen Freund zu nennen wäre wohl eine Übertreibung. Ein Autor. Er ist vor einer Weile hierher gezogen, um den Staaten ein wenig zu entfliehen. Die Qualen des Ruhms oder so etwas in der Richtung. Er heiß Bradley Homlick."

„Ach ja. Er schreibt diese Bücher über Key West", sagte Cassie.

„Kenn ich nicht", schnarrte Veronica.

„Du weißt schon. *Geschichten über Key West. Mehr Geschichten über Key West. Sogar noch mehr Geschichten über Key West …*"

„Sagt mir noch immer nichts. Vielleicht brauche ich einen Drink."

Cassie fuhr fort: „*Sogar noch mehr Geschichten über Key West Teil 2. Sogar noch mehr Geschichten über Key West Teil 2: Das Sequel …*"

„Wie fürchterlich einfallsreich", schnappte Veronica.

„Er denkt, dass er es ist", meinte ich. „Und offenbar tun das auch einige andere. Er verkauft sich sehr gut. Fast unausstehlich gut. Ich chatte hin und wieder mit ihm und werde mich morgen mit ihm treffen. Vielleicht bringt mir das ein wenig Inspiration."

Marco übersetzte Roberto alles, während die Konversation weiterging.

„Traurig", bellte Roberto.

„Wie bitte?"

„Er hat recht", sagte Cassie. „Du siehst ein wenig bekümmert aus. Was liegt dir auf dem Herzen, Süßer?"

„Ist das so offensichtlich? Wer braucht ein Buch, wenn ihr *mich* so gut lesen könnt?"

„Geht es um Brock?", fragte Marco. „Der Anruf, den du heute von Janey bekommen hast?"

Vera lehnte sich im Stuhl nach vorne. „Was höre ich da? Neuigkeiten von der Liebesfront?"

„So in etwa. Sie hat mir erzählt, dass Brock nach mir gefragt hatte und dass sie ihm gesagt hätte, es ginge mir großartig."

„Das ist gut, nicht wahr?" Gio sah etwas unsicher aus, ob er denn mitreden durfte. „Das ist, was du willst. Dass deine vorherige Beziehung weiß, wie gut es dir geht."

„Ich wette, er ist höllisch eifersüchtig", ächzte Veronica mit einem Grinsen.

„Vielleicht. Aber …"

„Aber", fiel Cassie mir ins Wort, „du willst nicht, dass er denkt, dass es dir *zu* gut geht, ohne ihn. Du willst nicht, dass er denkt, er könnte dich nie zurückhaben."

„Genau."

„Hast du um ihn gekämpft? Als er gesagt hat, dass er keine Beziehung mehr haben will oder was auch immer ihr zwei hattet, hast du da um ihn gekämpft? Wenn du um ihn gekämpft hast und dennoch verloren, nun, dann hast du getan, was du konntest. Sonst hast du nur aufgegeben. Also, hast du gekämpft?"

Und da war sie. Die Wahrheit. Ich hatte nicht um ihn gekämpft. Ich hatte nicht einmal versucht den nächsten Schritt zu gehen. Ich hatte gewollt, dass es weiter ging, aber ich hatte darauf gewartet, dass *er* den entscheidenden Schritt machte. Als er es nicht getan hatte … hatte ich aufgegeben. Es war eine völlig vernichtende Erkenntnis für mich und es zeigte sich auf meinem Gesicht.

„Traurig", sagte Roberto. „So traurig."


BRADLEY HOMLICK war einer der wenigen Autoren, die ich kannte, die dadurch erfolgreich geworden waren, dass sie die Normen abgeschüttelt und genau das geschrieben hatten, was sie wollten. Er musste einen wirklich verdammt guten Agenten oder einen lockeren Lektor gehabt haben. Seine Bücher waren mit umfangreichen Rollen gefüllt, sowie mit verrücktem Geschehen und viel Sex – schwul, hetero und dazwischen drin. Es war nicht Literatur, aber was war heute schon noch Literatur? Genredefinitionen waren an einen Punkt gelangt, an dem man ein Wörterbuch brauchte, ehe man die Bibliothek aufsuchte.

Wenn Bradley auf den Schreibconventions auftauchte, war er ein Star und nie ohne einen Hund – einem seiner vielen – im Arm unterwegs. Er wurde auch immer von schönen jungen Männern begleitet, was ohne seinen Ruhm wohl nicht möglich gewesen wäre. Ich hatte ihn über ein soziales Medium getroffen (Facebook, wenn ich mich nicht irre) und er hatte sich über einen Filmstar beklagt, den er getroffen und für nicht so cool befunden hatte. Danach war er nach Italien gezogen, in das Dorf Viareggio, um alldem zu entkommen. Zu meiner Schande musste ich gestehen, dass ich seine Klatschgeschichten spannend fand. Er unterhielt einen Blog, der einer Boulevardzeitung Konkurrenz lieferte. Wir waren über das Internet in Kontakt geblieben, wo er sich ständig aufzuhalten schien.

Viareggio war ein charmantes Städtchen und sehr entspannend. Ich konnte sehen, warum Bradley hierher gezogen war. Ich nahm einen Zug von Rom und folgte der Wegbeschreibung, die er mir gegeben hatte. Ich bemerkte die wundervolle Aussicht auf das Mittelmeer und die Jungs, die im Sand spielten. Bradleys Haus war alt, vermutlich 17. Jahrhundert oder noch früher. Er lebte noch nicht lange dort, also war ich sicher, dass es noch den Geruch von anderen Leuten und ihre Erlebnisse in sich hatte. Die Tür wurde mir von einem jungen Mann mit schönen, traurigen blauen Augen geöffnet und einer Frisur, die fast gewachst wirkte. Er führte mich einen langen Korridor hinunter und in einen großen Raum, welcher durch seine gewölbte Decke und den vielen Portraits und Gemälde beeindrucken sollte. In der Mitte des Raumes, auf einer Couch ausgestreckt, wie ein Imperator und mit einer weißen Robe bekleidet, lag Bradley. Er hielt einen kleinen, weißen Flauschball im Arm, den ich für einen Zwergspitz hielt. Vier oder fünf andere Hunde saßen nahe bei ihm am Boden. Sie waren alle gut erzogen. Ich hörte nicht ein einziges unterdrücktes Knurren oder Bellen. Sie hatten überhaupt kein Interesse an mir.

„Logan!" Er tat überrascht, mich hier zu sehen. „Wie schön dich zu sehen! Wie schön, dass du mich besuchst! Komm! Setz dich!"

Bradley hatte einiges an Gewicht zugelegt, seit ich ihn das letzte Mal gesehen hatte (einmal auf einer Buchconvention). Sein Gesicht hing herab und wirkte fleischig. Er nickte dem jungen Mann zu, der uns alleine ließ.

„Hallo, Bradley." Ich setzte mich in einen antiken Stuhl. Der Raum war übermäßig parfümiert, wie ein Feld nuttiger Rosen. Sehr leise Klaviermusik spielte im Hintergrund. „Ein schönes Zuhause hast du hier."

„Es wird für den Moment genügen." Er grinste. Ich hatte ihm etwas gegeben, was er wollte: Anerkennung. „Ich würde gerne mehr Fenster haben."

Der junge Mann, den ich an der Tür getroffen hatte, kam mit einem Tablett Getränke zurück. Er servierte sie uns und ging dann wieder hinaus.

„Umwerfend, nicht wahr? Nun, es gibt sie wie Sand am Meer, die schönen Männer. Das einzige wirkliche Problem, das ich mit ihm habe sind die vielen Downloads."

„Downloads?" Ich nahm einen Drink und verzog das Gesicht ein wenig. Es war mehr ein Aperitif als ein Getränk.

„Die Bücherdownloads. Dieser Junge besitzt nicht ein einziges echtes Buch. Nicht eines! Ich habe sein Zimmer gesehen. Er lädt sie einfach nur auf sein Lesegerät herunter, eines nach dem anderen. Es ist ein Verrat, wenn man bedenkt, dass er für *mich* arbeitet, einen Bestsellerautoren."

„Das Buch wird dennoch gelesen."

„Zu einem stark reduzierten Preis!" Er wurde reizbar. Die Hunde zappelten leicht. „Du kannst mir nicht erzählen, dass du elektronische Medien dem Gefühl echten Papiers vorziehst. Ich kenne keinen Autor, der das tut. Keinen *richtigen* Autoren zumindest."

Ich lächelte. „Wie soll ich das beantworten?"

„Mit einem Satz."

„So lange es gelesen wird, ist es in Ordnung. Es wird sich alles regeln."

„Ich bin mir nicht so sicher, Logan. Bis ich es bin, weigere ich mich, auch nur eines meiner Bücher elektronisch werden zu lassen. So steht es in meinem Vertrag. Ich bezweifle, dass mein kleiner Helfer auch nur ein Wort meiner Werke gelesen hat. Ich denke, dieser ganze E-Book Wahn ist unmoralisch. Gegen die Naturgesetze." Er nannte keinen Grund, weshalb er so dachte. Er kuschelte mit dem Zwergspitz in seinem Schoß. „Ist es nicht so, Mister Fluff-n-Huff?"

Er herzte den Spitz ein wenig länger und sah dann zu mir. Er hatte wohl kurz vergessen, dass ich anwesend war. „Du siehst struppig aus." Seine Stimme war nicht mehr nett. Ich war irgendwie innerhalb von wenigen Minuten an seine missmutige Seite geraten.

„Ich experimentiere gerade. Ein neuer Look. Ich fürchte, ich bin langweilig geworden."

Er setzte den Hund auf den Boden und er rannte davon. Jedenfalls bewegte er sich schnell. Ich konnte nicht sicher sein, ob der kleine Fellball Beine hatte.

„Langweilig? Vielleicht. Ja. Vielleicht. Ehrlich gesagt waren unsere Gespräche online nie sehr aufregend. Und ich habe bemerkt, dass deine Verkäufe sinken. Vielleicht hilft ein neuer Stil. Du siehst noch immer sehr gut aus."

„Du hast es bemerkt? Meine sinkenden Verkäufe."

„Nun, man hört so einiges." Er trank aus seinem Weinglas, in vollem Bewusstsein, dass er gerade ein Arsch war.

„Wenn man danach sucht, ja. Dann hört man so einiges."

„Du brauchst einen Gag." Er sang den Text eines alten Songs. *„Get yourself a gimmick!* Das ist, was meine *Key West* Bücher sind. Gimmicks, Gags. Jedes einzelne davon."

„Und was ist mit der Kunst? Die Kunst des Schreibens."

„Also bitte, niemand kreiert noch Kunst! Sicher nicht, wenn man sich einen Lebensunterhalt verdienen will. Schreiben ist, wenn man etwas erschafft, was sich leicht in einen Film umsetzen lässt. Man schreibt über Dinge, die sich leicht verdauen lassen. Die Welt ist zur Hölle gefahren, Logan. Wach auf! Du wirst nie Henry James sein. Keiner von uns wird es je sein. Wir sind nichts weiter als Narren."

Ich erhob mich und dieses Mal zeigten die Hunde Interesse an mir. „Vielleicht sollte ich gehen. Ich fühle mich, als hätte ich dich aufgeregt. Das war eine schlechte Idee."

Bradley sprang ungeschickt auf seine Füße und seine Robe öffnete sich für einen Moment, um einen großen Bauch und aquablaue Unterhosen zu enthüllen. Die Ohren der Hunde spitzten sich, als sie von mir zu ihm blickten. „Du würdest schon so früh gehen? Aber… aber was ist mit den Schreibtipps, die ich dir geben sollte? Ich bin wie der Große und Mächtige Oz. Ich habe Tipps! Viele davon!"

„Ich bin mir sicher, dass du die hast. Vielleicht ein anderes Mal." Wenn ich einen Hut gehabt hätte, wäre das der Part gewesen, in dem ich ihn aufgesetzt und mich würdevoll verabschiedet hätte.

„Aber kann ich *dir* einen Ratschlag geben, Bradley?"

„Was? Mir? Ja. Ja, ich denke schon." Er war ganz klar davon ausgebremst worden, dass ich jetzt schon ging. Er stand da, die Robe am Hals und am Bauch um sich gezogen.

„Halte dich von Facebook fern. Von Twitter. Von jeder Seite, auf der du bist und vergiss deinen Blog. Schließ das alles für einen Tag und geh raus. Du bist bleich wie ein Gespenst. Wir sind hier im mediterranen Raum. Es gibt keine Entschuldigung so verdammt weiß zu sein."

Ich drehte mich um, um zu gehen.

„Ich bin einsam", wisperte er, als er sich wieder aufs Sofa setzte.

Der Autor in mir sagte, dass ich weitergehen sollte. Ich sollte einfach diese drei jämmerlichen Worte aus dem Manuskript entfernen und weitergehen. Aber das blutende Herz in mir stellte sich dem entgegen und so drehte ich mich wieder zu Bradley um.

„Ich war immer verdammt einsam und ängstlich", fuhr er fort. „Mein ganzes Leben lang. Ich war nicht so dumm und dachte, dass Ruhm alles verändern würde, aber... es war eine Falle, die ich mir selbst gebaut habe. Ich wollte die Aufmerksamkeit, weißt du. Aber ich bin zu Tode geängstigt, wenn sie dann da ist. Wenn sie mir ins Gesicht starrt. Die sozialen Medien sind ein sicherer Kompromiss."

„Ich verstehe. Wirklich. Ich bin genauso schüchtern wie jeder Schriftsteller. Ich bin auf dem gleichen Level wie Emily Dickinson." Dramatische Pause. „Aber der einzige Weg der Veränderung ist Veränderung. Der einzige Weg, um aufzuhören ist aufzuhören. Und wenn es hilft: Ich war schon immer sehr neidisch auf deinen Erfolg."

Bradley lächelte, zum ersten Mal wirklich ehrlich, auch wenn es traurig war. „Wir sind alle auf jemanden neidisch, Darling", meinte er. „Wir applaudieren unseren Freunden, gratulieren ihnen zu ihren Preisen, Triumphen und Auszeichnungen, aber innerlich sticht es."

Ich ging dann, als ich nichts mehr zu sagen hatte. Ich setzte meinen imaginären Hut auf und ließ Bradley auf seinem Sofa zurück, umgeben von seinen Selbstzweifeln und seiner Einsamkeit. Das Zeug ist ansteckend und ich wollte nicht noch mehr, als ich schon hatte. Mich erstaunte dieser Unterschied wie wir uns wahrnehmen und wie andere es tun. Wir alle sind individuell, so viele verschiedene Menschen – der Mensch, den unsere Freunde sehen, der, den unsere Familien sehen, der, den Fremde sehen, der, den wir sehen – und wir sehen in den Spiegel, wo wir statt einer Reflexion eine Refraktion erblicken. Perfektion ist eine Sache der Wahrnehmung.

Nach meinem Besuch bei Bradley hatte ich noch etwas Zeit und wanderte, mit den Schuhen in der Hand, am Strand von Viareggio entlang. Der kalte Wind strich mir durch die Haare und ich genoss die Heftigkeit und die Kälte darin. Ich hörte Gelächter, das mit dem Wind über den Strand getragen wurde. Etwas entfernt spielten ein paar erwachsene Männer im Sand, sich gegenseitig anstachelnd. Einer von ihnen trug nur einen hellbraunen Sweater und eine Badehose. Eine dunkle Hose lag neben ihm auf dem Boden. Er lachte am lautesten von allen und genau dieses Lachen stoppte mich. Selbst wenn es etwas vom Wind verzerrt war, war es vertraut. Es ähnelte einem Lachen, welches ich in nicht zu ferner Vergangenheit gehört hatte.

Ich kniff die Augen leicht zusammen, um diese Gruppe beim Spielen – Scherzen, das ist das richtige Wort – im Sand zu beobachten. Und dann keuchte ich, als ich begriff. *Curtis?*

Das war ganz eindeutig sein Lachen, nur freier, als ich es je gehört hatte. Es überbrückte die Entfernung und lud zum Spielen ein. Das braune Haar war das gleiche. Und ja, das war eindeutig Curtis' wunderbar gerundeter Hintern, der in diesem schwarzen Tanga herumhüpfte. Seine Haut wurde nie wirklich braun, weshalb er nie schwimmen ging. Und doch war er hier, am Mittelmeer.

*Wie stand eigentlich die Chance für so ein Treffen,* fragte ich mich?

Und doch konnte es nicht Curtis sein. Der Curtis Little, den ich kennen gelernt hatte, wäre nie so gewagt und spontan gewesen. Er würde niemals einen anderen Mann in der Öffentlichkeit auf seinen Hintern schlagen lassen, ob nackt oder nicht. Aber die drei Freunde dieses Mannes hatten es in schneller Abfolge getan. Wenn er sich nur umgedreht hätte, hätte ich mit Sicherheit sagen können, ob es Curtis war. Aber sie entfernten sich immer weiter, kamen nie näher und keiner von ihnen bemerkte mich, wie ich da stand und starrte. Sie jagten einander wie kleine Kinder den Strand entlang und entfernten sich zum anderen Ende.

Ich entschied, dass ich wohl Dinge sehen musste, vielleicht wegen diesem seltsamen, bitteren Drink, den Bradley mir serviert hatte und ging zum Bahnhof zurück. Dennoch, das Lachen war in meinem Kopf stecken geblieben und ließ mich lächeln. Der Gedanke an Curtis ließ mich lächeln. Nicht aus einem tiefen Gefühl der Liebe, sondern aus Zuneigung und Dankbarkeit.

Als ich in dieser Nacht in Rom ankam, warteten Marco und Roberto schon auf mich. Ich traf sie vor dem Haus, wo sie wie Kidnapper herumlungerten.

„Bar", grunzte Roberto. Er spannte seine Brustmuskeln an und ließ sie abwechselnd tanzen. „Ich tanz' für dich."

„Cassie und Vera haben gesagt, dass du kommen musst", stellte Marcus mit einem finalen Ton in der Stimme fest. „Du willst sie nicht enttäuschen. Geh dich anziehen. Wir werden warten … und wir werden uns bei dir umsehen, um die Zeit totzuschlagen, denn wir hassen es zu warten."

Also hatte ich ganz klar keine Wahl. Ich wurde von ihnen förmlich in mein kleines Heim getragen. Während Roberto etwas Passendes für mich heraussuchte – passend für wo auch immer wir hingehen mochten – hatte Marco sich einen Schraubenzieher geschnappt und ging durch meine kleine, aber wachsende Sammlung von neuen Büchern und CDs.

Ich hatte gerade noch genug Zeit, um an meinen Laptop zu kommen und mein Facebookprofil dort zu löschen, bevor Roberto rief: „Du trägst das!" Er hatte wohl etwas gefunden, was seiner Vorstellung von Abendkleidung entsprach.

Zu fünft – ich, die Italiener und die Damen – gingen wir zu einem Club, den wir davor nur einmal besucht hatten und der mit dem römischen Leben überfüllt war. Mit roten Vorhängen und nicht zu gefährlich beleuchtet, bot der Club sichere Erotik. Es war ziemlich voll, wenn auch deutlich leerer im Vergleich zu unserem vorherigen Besuch, als das Wetter noch wärmer gewesen war. Die Lautstärke war hoch gesetzt und die Luft schmeckte klebrig süß.

Cassie und Vera trennten sich fast sofort von uns, um zu einem der überfüllten Teile des Clubs zu gehen. „Ak-*shon!*", sang Vera vor sich hin, als die zwei davontanzten. Es würde nicht schwer werden, sie am Ende der Nacht zu finden. Sie glitzerten stärker als die Schickeria.

Der Rest begab sich zu einem der weniger populären und zuträglicheren Orte im Club. Wir fanden uns in einem Hinterzimmer wieder, in dem vier oder fünf andere Menschen um einen großen Tisch saßen, lachten und tranken. Die Musik war überall zu hören und hier schien sie noch lauter, also mussten wir noch immer schreien, um uns zu verstehen. Glücklicherweise war es nicht die Nacht für tiefgehende Gespräche, sondern für Tanzen und Gelächter.

Roberto, der so viel Haut wie nur möglich in seinem Outfit aus Netz und Leder zeigte, kletterte auf den Tisch und deutete Marco und mir ihm zu folgen. Marco zögerte nicht. Ich tat es, da ich dachte, der Tisch würde gleich zusammenbrechen. Aber schlussendlich wurde ich doch mit hinaufgezogen. Die zwei begannen, um mich herum zu tanzen, wie im Vorspiel für eine Orgie. Wir waren auf der Bühne und ein paar andere Gäste des Clubs waren in den Raum gekommen. Ich hatte noch nicht genug getrunken, um mich so locker zu geben.

„Tanz!", rief Roberto.

Ich bewegte mich nur ein wenig, wie ein Wackelkopf und grinste etwas peinlich berührt. Ich war neon-pink angelaufen. Roberto imitierte meine Bewegung und sagte einmal mehr: „Nicht so! Tanz!"

Marco ermutigte mich nun ebenfalls. Ich sah mich nach einem Fluchtweg um, sah dann aber, dass keiner in unsere Richtung blickte. Sie waren alle mit ihren Gesprächen und Schreiwettbewerben beschäftigt. Ich war wohl nicht der Mittelpunkt des Universums, wie es schien. Ich dachte an Brock. Daran, wie er sich hatte fallen lassen und wie ein Verrückter auf dem Familientreffen getanzt hatte, trotz seines Schmerzes. Und so stimmte ich mich ein.

„Wird schon schiefgehen."

Und ich tanzte. Ich tanzte wie ein völlig Verrückter. Ich erinnerte mich an Brocks Bewegungen, wie seine Arme herumgefuchtelt und sein Kopf herumgewackelt hatte, ich tanzte eine Ode an ihn. Ich sandte sie um die Welt, genau zu ihm. Es war erlösend. Roberto und Marco heulten vor Lachen und sie begannen ebenfalls im wilden Rhythmus zu tanzen. Es war das Lustigste, was ich je in einem Tanzclub getan hatte. Verdammt, es war das erste Mal, dass ich mich so in die Musik hatte fallen lassen; es einfach wie eine Form der Besessenheit zugelassen hatte.

Nun, es ging so lange gut, bis ich einem gruseligen italienischen Mädchen versehentlich ins Auge stieß. Ich bemerkte es nicht einmal, bis sie mich anzubrüllen begann und ihren Freund rief – einen großen, schwarzen Mann, der noch mehr Steroide in sich zu haben schien als Roberto – um mir in meinen besessenen Arsch zu treten. Während die schreckliche Frau mich anbrüllte, diese Höllenschlange, stierte der schreckliche, riesige Mann mich an. Ich entschuldigte mich vielmals, während ich auf dem Tisch kniete und lieferte meine beste Vorstellung als unschuldiger Amerikaner.

Erst dann begriff ich, dass ich diese Frau vielleicht gar nicht im Auge erwischt hatte, denn meine Aufrichtigkeit überzeugte sie und sie begann, Roberto als den wahren Übeltäter zu beschuldigen. Das war unmöglich, denn er war auf der anderen Seite des Tisches gewesen. Roberto, wenn auch ein Türsteher, war ein Liebhaber und kein Kämpfer. Er hatte keine Absicht, irgendjemanden zu bekämpfen, auch wenn der Anblick zweier muskelbepackter, ringender Männer für den Rest von uns ziemlich spannend gewesen wäre. Also sprangen wir drei vom Tisch und verließen den Raum ohne weiteren Zwischenfall. Als wir vor dem Club standen, brachen wir in Gelächter aus.

„Was um Himmels Willen?", sagte Vera, als sie und Cassie zu uns kamen. Die Menge löste sich langsam auf. „Wir haben euch gesehen, wie ihr wie kleine schwule Fledermäuse aus einer großen Heterohölle geflohen seid. Was habt ihr getan?"

„Mein Tanzen", meinte ich. „Es wird noch mal jemanden umbringen."

# 11

ÜBERLASS ES Janey, die grauenhafte Verbindung zwischen Religion, Sünde und Verbrennen wiederherzustellen.

Roberto war über Nacht bei mir geblieben. Es war Morgen und er lag völlig nackt auf dem Bauch, über meinen Knien. Ich saß aufrecht im Bett und schlug ihm immer wieder auf den Hintern, der schon rot war von den vielen Hieben. Ich fühlte, wie sein Penis in meinem Schoß mit jedem spielerischen Schlag härter wurde und ich genoss den Klang als meine Hand seinen Hintern traf und das leichte Wackeln danach. Roberto war so etwas wie ein Psychiater auf meinem Trip gewesen. Er hatte zugelassen, dass ich in meine Aggression und Frustration eintauchte und sie an ihm ausließ. Er hatte es tatsächlich noch ermutigt. Und es hatte eine Menge Frust zu entfesseln gegeben. Ein lebenslanger Vorrat. Aber es begann nachzulassen, weniger zu werden. Es fühlte sich an, als würde ich mit jedem Mal schwere Kleidung ablegen, wann immer wir fummelten, bissen, schlugen oder uns halb verprügelten. Gott sei Dank gab er es nie zu heftig zurück. Mein Gesicht hätte unter einem einzigen Schlag seiner massiven Pranken nachgegeben.

Es war mitten in dieser spielerischen Bestrafung – gerade, als ich einen besonders zufriedenstellenden Schlag auf Robertos Beine gelandet hatte – als Janey anrief. Ich dachte, es wären Cassie und Vera, mit denen ich heute die St. Peter Basilika besuchen wollte, weshalb ich abhob. Es war zwecklos, einem Anruf von ihnen entgehen zu wollen. Sie würden es einfach immer und immer und immer wieder versuchen, bis man schlussendlich abhob. Bis man begriff, dass die Farbe, die sie gerade in der Stadt gekauft hatten, viel wichtiger war als die Tatsache, dass das eigene Haus brannte.

Statt dem ablenkenden Duo war Janey am anderen Ende der Leitung, mit besorgter, mäuschengleicher Stimme. Die Art Stimme, die sie bei ihren Eltern benutzte, da sie sich so immer aus der Schlinge zog. Die Art, die sagte: *Hör nur, wie niedlich ich bin und bemitleide mich, anstatt mir böse zu sein.*

Ich lehnte mich nach vorne, als ob ich an einem Tisch sitzen würde, mit einem Ellbogen auf Robertos Hintern. „Was ist los, Janey?"

„Die gute Nachricht ist, dass mein Sexentzug vorbei ist. Ich hatte einen Dreier." Sie pausierte. „Mit einem Mormonen und einem Zeugen."

„Ernsthaft?" Ich schlug auf Robertos Hintern, um es zu betonen. Na gut, eigentlich nur, um noch einen guten, festen Schlag zu landen. „Wie war es?"

„Was war das für ein Geräusch?", fragte sie.

„Arsch. Also, wie war es?"

„Sex, alles in allem, ist besser, als ich es in Erinnerung hatte. Ich meine, es ist schon eine Weile her für mich und wir *waren* zu dritt. Das war neu. Es war erst ein wenig seltsam. Dann war es richtig gut. Und dann wieder seltsam. Und dann... ähm, als das Haus zu brennen begann, war es einfach nur schrecklich."

„Es hat gebrannt?" Ich versuchte aufzustehen, aber Roberto hatte mich festgenagelt. Er blätterte durch ein Magazin, während ich mit Janey telefonierte.

„Ja. Das ist die schlechte Nachricht." Sie biss wieder auf ihre Unterlippe. „Aber keine Sorge, es war nur ein kleines Feuer. Die Couch ist komplett weg. Puff! Und ein bisschen Vorhang. Und ein Stück Wand. Es sollte nicht zu viel kosten, es zu reparieren. Glaube ich zumindest. Und wir wollten doch sowieso das Wohnzimmer wie in einer dieser Sendungen umbauen."

„Wollten wir das?"

„Wollten wir das nicht?"

„Wie ist das passiert?" Meine Finger gruben sich in Robertos Hintern. Er war gerade ein ziemlich großer Stressball für mich. Es schien ihn nicht zu kümmern.

„Die Jungs und ich haben im Wohnzimmer herumgespielt. Ich hatte beschlossen, dass das Schlafzimmer doch etwas zu intim gewesen wäre. Wir hatten ein paar Kerzen angezündet, für die Stimmung. Es hat richtig gut gerochen. Es schien zu funktionieren. Dann hat Feed the Cat beschlossen sich eines diese Dinger anzusehen und hat dabei eine der verdammten Kerzen umgestoßen. Sie ist in die Küche gesprintet und hat uns in den Flammen zurückgelassen. In den Flammen einer nach Flieder riechenden Hölle."

„Also habt ihr es unter Kontrolle gebracht?"

„Das haben wir. Die Feuerwehr ist gerade angekommen, als wir uns fertig angezogen hatten. Beide Christen haben sich die Schuld gegeben und gesagt, dass es Gottes Bestrafung gewesen wäre, für ihre Sünden. Ich habe mitgemacht und gesagt, dass sie vermutlich recht hatten. Es war ihre Schuld. Sie hatten mich vom Pfad weggeführt und sie waren wohl gar keine so guten Christen. Ich wünschte, du wärst da gewesen. Das wäre viel lustiger gewesen."

Ich begann etwas zu begreifen. Der bloße Gedanke nach Hause zurückzukehren erfüllte mich mit solchem Unmut, dass ich fast würgte. Wie lange konnte ich von Adbury wegbleiben? Konnte ich daraus eine Karriere machen?

„Auf der positiven Seite", fuhr Janey fort, „habe ich nächstes Wochenende ein Date mit einem süßen Feuerwehrmann." Als ich nicht antwortete, sagte sie: „Logan? Bist du sauer auf mich?"

„Nein, Janey. Das bin ich wirklich nicht."

„Ich bin so erleichtert."

„Aber verdammt, Janey! Was hast du noch in diesem Haus getan, wovon ich noch nichts weiß?"


CASSIE, VERA und ich standen inmitten der St. Peter Basilika. Wir bewunderten zuerst alles. Wie konnte man auch nicht? Es erschien alles so unwirklich, es gab so viel zu sehen. Die Architektur, die Kunst, das Gold. Mein Gott! Die schimmernde Pracht erschlug uns förmlich. Die Basilika war ein Ort, der dazu erschaffen worden war, dass ein Besucher sich klein fühlte. Wie eine Maus in Gottes Schlafzimmer.

Jede Säule schien mit belustigtem Hochmut herabzusehen. Und dieses Gefühl beurteilt zu werden war, denke ich, der Grund, warum unsere Laune sich von Staunen zu Ekel verschob.

„Es ist so viel." Ich sah noch immer zu allem hoch, was auf mich herabsah.

„Jedes Mal, wenn ich hierher komme, ist es dasselbe", sagte Cassie. „Zuerst bin ich beeindruckt von der Kühnheit dieses Ortes. Dieser Fülle, die ich attraktiv finde. Ich könnte sie als Halskette oder Krone tragen. Aber dann, wenn ich darüber nachdenke wofür die Basilika stehen soll – der Ort über allen christlichen Gebäuden der Welt – werde ich mit dem kleinsten bisschen Ärger erfüllt. Es erscheint mir zu protzig, um ernst zu sein."

Wir gingen langsam und traurig durch die Menge. Touristen und Zeloten. „Wie meinst du das?", fragte ich.

„Nun, es soll ein Ort für Gott sein, oder? Gott mit einem großen G. Zuneigung, Liebe, Akzeptanz. All das gute Zeug. Aber ich habe nachgelesen und die Geschichte dieses Ortes ist weit weg von gottgleich. Vera wollte heute gar nicht mitkommen."

Es war offensichtlich gewesen. Vera hatte das Gebäude spöttisch angegrinst, seit wir eingetreten waren. Einen herablassenden Blick für jede gestaltete Ecke.

„Das ist Scheinheiligkeit, das ist alles." Vera weigerte sich, ihre Stimme leise zu halten. „Wenn man ein wahrer Christ sein will, dann sollte man das Gold hier einschmelzen und das Geld dazu nutzen, das Volk zu ernähren. Das hier ist nichts als ein Zeigen von Herrschaft. Ich fühle mich schmutzig hier zu sein." Sie erblickte einen anderen amerikanischen Touristen, der geschockt den Kopf schüttelte. „Das ist richtig, ich habe schmutzig gesagt!"

„Zeig ein Herz, Vera", versuchte ich sie zu beruhigen. „Da waren die Hände schwuler Männer, überall an diesem Bau. Michelangelo hat alles bis zum Umfallen dekoriert."

Vera zuckte die Schultern. Ehrlich gesagt verstand ich sie. Es war eine hohle Vorstellung ohne Herz, besonders wenn man nie wirklich religiös gewesen war. Vielleicht „begriffen" wir es einfach nicht. Wir gingen weiter. Was konnte man wegen der Vergangenheit tun? Gelebtes Leben konnten nicht ungelebt werden. Entscheidungen konnten nicht rückgängig gemacht werden. Und Gerechtigkeit? Ein schönes Wort, aber manchmal nicht viel mehr als das.

Mein Name wurde gerufen, auf eine Weise, die die Umgebung respektierte, aber dennoch meine Aufmerksamkeit erregte. Ich dachte erst, es wären entweder Roberto oder Marco, aber als ich es erneut hörte (und die folgenden Ermahnungen zur Ruhe von den genervten Religiosen), diesmal lauter, begriff ich, dass der scheue Ruf von keinem anderen als Curtis Little kam. Ich drehte mich so schnell herum, dass ich mich durch den Boden bis in die Katakomben bohren hätte können.

Da war er. Nicht unbedingt gebräunt, aber dennoch erfrischt und fit. Er trug ein weiches, weißes Shirt und eine violette Hose (*violett!*), Sandalen (was, wie ich gehört hatte, gegen die Regeln in der Basilika war) und einem Rucksack. Seine Haare waren noch immer gleich geschnitten, allerdings wirkten sie etwas blonder und er trug eine neue Brille mit dicken, schwarzen Rändern. Er grinste mit solch aufgeregter Anspannung, dass ich völlig neben mir stand.

„Logan." Er kam näher und umarmte mich. „Ich bin's, Curtis."

Die Damen waren beeindruckt.

Ich lachte. „Ich weiß, Dummerchen. Ich bin nur… Du siehst fantastisch aus!"

„Ach komm, ich sehe immer gleich aus. Das werde ich vermutlich auch immer. Auf alten Fotos wirke ich wie Dorian Grays langweiliger Bruder."

Der Versuch frech zu sein, war etwas komplett Neues.

„Aber anders. Du siehst auch anders aus." Die Veränderung war erstaunlich, auch wenn er es nicht zu bemerken schien.

„Das ist der berüchtigte Ex." Vera machte große Augen und grinste. Sie lehnte sich zurück, um sich Curtis' Hintern anzusehen.

„Das ist er?", fragte Cassie.

„Ja, das ist er. Und perfekt beschrieben von unserem Freund, dem Autor", gab Cassie zurück.

„Curtis, das sind meine Freunde, Cassie Bloom und Lady Vera."

Curtis verneigte sich und nahm ihre Hände auf eine Weise, die aus einem anderen Jahrhundert zu kommen schien. „Meine Damen", sagte er grinsend und mit einem verspielten Wackeln seines Kopfes. „Lady Vera?", sagte er, als er ihre Hand nahm. „Aristokratie?"

„Ja, ich bin so etwas wie eine Königin."

„Was machst du hier?", fragte ich. „In Italien, meine ich?"

„Ich bin die Nummer eins der Firma in Auslandsangelegenheiten. Kannst du das glauben? Ich werde überall hingeschickt. Um ehrlich zu sein, ich denke, ich habe dank der neuen Stelle fast ein bisschen zu viel Spaß."

„Unsinn", meinten die Damen unisono.

„Was ist mit dir?", fragte er. „Ich hätte nie gedacht, dass du Adbury verlassen würdest."

„Das tut weh", schnappte ich. „Aber es ist wahr, nehme ich an. Ich war ein wenig ortsgebunden, was?"

„Das waren wir beide."

„Aber ich denke nicht, dass ich Adbury wirklich jemals *geliebt* habe."

Cassie und Vera, die bemerkten, dass sie wohl zu glitzernden Fliegen an einer sehr überladenen Wand geworden waren, nutzten den Moment, um sich würdevoll zu verabschieden.

„Nun, Miss Vera, vielleicht sollten wir die beiden alleine lassen. Wir haben immerhin eine Kapelle zu bewundern."

„In der Tat, Cassie. Nichts schreit so laut ‚Gott' wie große, muskulöse Männer, die winzige Feigenblätter tragen."

Sie verabschiedeten sich und brachen zur Sixtinischen Kapelle auf.

„Sie wirken nett. Alte Freunde?", fragte Curtis.

„Brandneu. Ich habe sie erst vor ein paar Wochen getroffen, allerdings scheinen sie mich schon seit einer Weile zu kennen."

„Du bist berühmt." Er zwinkerte. Das war auch neu. „Also, wirst du mir antworten? Was machst du außerhalb von Adbury?"

„Meine Arbeit war in letzter Zeit alles andere als genial. Ich bin nach Europa gekommen, um etwas Inspiration zu finden, um wieder in den Kreativprozess einzutauchen. Allerdings hat es irgendwie nicht funktioniert."

„Natürlich nicht. Das ist Europa. Es gibt viel zu viel zu sehen. Wer würde schon den ganzen Tag auf einen Computerschirm starren wollen?" Er hielt mir den Arm hin. „Gehen wir ein Stück?"

Wir schlenderten (so ein schönes Wort, *schlendern*) aus der Basilika und in die Menge auf dem St. Peters Platz. Der Obelisk stand alleine im Zentrum, ein würdevoller Gefangener aus einer anderen Zivilisation.

„Ich dachte, ich hätte dich gestern in Viareggio gesehen." Die Menschen sahen uns an – zwei Männer, Arm in Arm. Aber ich genoss Curtis' neuen, frechen Geist. „Ich hatte jemanden besucht und ging am Strand entlang. Ich könnte schwören, ich hätte dein Lachen gehört."

Er lief scharlachrot an und lachte peinlich berührt. „Das war ich. Du hast mich nicht in meiner… Badehose gesehen, oder?"

„In deinem *Tanga*? Doch, habe ich. Der Anblick war, wie immer, fantastisch."

„Ich war mit einem Klienten und seinen Freunden dort. Sie waren alle sehr stark am Flirten. Was ich für meine Karriere alles tu'! Warum hast du nicht ,Hallo' gesagt?"

„Ich hatte hierher zurückkommen müssen. Zurück nach Rom. Ich bin aber für eine Weile geblieben und habe zugesehen, wenn das hilft."

Curtis schüttelte den Kopf und lachte noch mehr. Er würde wohl für den Rest des Tages rot bleiben.

„Gehst du mit jemandem?" Ich wollte, dass er wirklich glücklich war. Aber ich gebe zu, ich wollte auch nicht, dass er *zu* glücklich war. Schachtelmodel: Ja. Calvin Klein Model: Nein. Wir glauben alle gerne, dass unsere früheren Liebhaber nie über uns hinwegkommen.

„Ich war immer wieder auf Dates. Nichts Ernstes." Er pausierte und ich konnte fühlen, dass er etwas Wichtiges sagen würde. Seine Worte standen auf Zehenspitzen. „Ehrlich gesagt, Logan, sich zu trennen... Das war das Beste für mich. Das Beste, was ich tun hätte können. Ich hoffe du verstehst."

„Versuch nicht, den Hieb sanfter werden zu lassen."

„Was ich sagen will, ist, dass ich bei dir geblieben bin, weil es gemütlich war ..."

„Sicher."

„Richtig. Ich musste nicht daran arbeiten."

„Keiner von uns."

„Richtig." Pause. „Wir waren so verdammt langweilig."

Wir brachen in Gelächter aus, was die Tauben verschreckte. Wir gingen weiter um den Platz, nicht mehr Arm in Arm, aber Seite an Seite. Die Luft war kühl, jedoch nicht kalt.

„Was ist mit dir? Hast du schon einen Neuen im Bett, mit dem du dich durch die Bettlaken wälzt?"

„Ich... war mit jemandem zusammen, nachdem wir uns getrennt haben." Ich verbesserte mich. „Nein, nicht wirklich *zusammen*. Das ist ein komisches Wort für das, was er und ich hatten. Ich denke, dass ich nur etwas probiert habe. Ich schwöre aber, dass es sich nach mehr angefühlt hat." Ich versuchte, mein Bedauern in meiner Stimme zu verbergen. „Dann kam ich hierher und ich habe angefangen mit zwei Italienern herumzumachen. Marco und Roberto."

„Abwechselnd?"

„Manchmal." Ich grinste. „Manchmal beide zugleich."

„Wie ist es mit deinem Schreiben vorangegangen, seit du hier bist?"

„Nicht wirklich gut. Wie ich gesagt hatte, geht es schon seit einer Weile nicht mehr gut. Da sind Worte auf den Seiten. Ich sehe, wie sie getippt werden. Aber ich fühle mich völlig leer, wenn ich sie schreibe. Meine Gedanken wandern, aber ich sage mir immer wieder, dass ich es fertigbringen muss. Arbeite, arbeite, arbeite."

„Also gibt es hier keine echte Romanze für dich. Nicht wirklich."

„Was meinst du damit?"

„Es gibt keinen Mann. Du spielst mit zwei Jungs herum, aber das ist nicht romantisch. Und die Inspiration, die du gedacht hast zu finden, hat sich auch nicht wirklich gezeigt. Deshalb klappt es auch nicht wirklich mit dem Schreiben. Logan, was tust du hier? Ich meine, was tust du *wirklich* hier?"

Wir stoppten. Ich starrte ihn an, als hätte er mich gebeten ihm Quantenmechaniken zu erklären. „Ich schätze, ich muss mich neu fokussieren, nicht wahr?"

Er zuckte die Schultern. „Vielleicht. Du kannst noch immer Spaß haben, aber verlier' nicht aus dem Blick, weswegen du hergekommen bist. Und …" Er lächelte und schob die Brille höher auf seine Nase. „Vielleicht solltest du weniger Sex haben. Es klingt, als wärst du zu einer Hure geworden."

Ich lachte leise. „Vielleicht bist du auch nur prüde."

Wir gingen noch ein Stück und unterhielten uns über Dinge, die wir kannten. Janey, Lucille, Grace. Er blieb bei mir, während ich auf Cassie und Vera wartete. Sie beendeten ihre Tour in der Sixtinischen Kapelle schneller als gedacht (sie wurden hinausgeworfen, weil sie zu laut gewesen waren), wir tauschten unseren Nummern aus und gingen wieder getrennte Wege – nach einer Umarmung und einem Kuss auf die Wange.

„Hast du etwas herausgefunden?", fragte Cassie. „Du siehst aus, wie ein Mann mit einer Glühbirne über dem Kopf."

„Noch nicht", gab ich zurück. „Aber ich denke, dass ich auf dem richtigen Weg bin." Ich lächelte. „Bereit, die Damen?"

„Ja, bitte!", meinte Vera. „Ich denke, die päpstlichen Wachen dort drüben ziehen mich mit ihren Augen aus. Ich fühle mich belästigt! Ich muss wohl Gott fragen, ob er sie heute Nacht erschlägt."


WAS TAT ich hier? Was *tat* ich hier?

Curtis' schwerwiegende Frage – und er musste gewusst haben, wie schwer sie wog – ließ mich nicht los. Tauschte ich nur eine sichere Existenz gegen die nächste aus? Mein Leben in Rom erschien zu Beginn aufregend, aber wenn erst einmal die Neuartigkeit nachlassen und ich in andere Routinen verfallen würde, würde es dann meinem Leben in Adbury mehr ähneln, als ich glauben wollte? War das Leben einfach nur eine Serie langweiliger Momente, die mit flüchtigen

Knoten aus Aufregung verbunden waren? Der Gedanke beschäftigte mich. Er ließ mich nicht los. Aber noch mehr störte mich, dass ich mit dem monotonen Leben in Adbury, welches nur einige Wochen zurücklag, völlig einverstanden gewesen war. Ich hatte zu dem Zeitpunkt keinerlei Abenteuer gesucht. Ich war mit meinem sicheren Leben zufrieden gewesen. Mit meinem Leben als der Bewohner einer Schachtel.

Am Tag nachdem ich Curtis in Vatikanstadt getroffen hatte, unternahm ich einen Einkaufsbummel in Rom. Ich brauchte ein paar Lebensmittel. Ich dachte daran, dass wir eine kleine Party an meinem kleinen Zufluchtsort feiern konnten, wenn sich jeder nur warm genug anzog. Wir könnten Marshmallows über der Feuergrube rösten (oder was auch immer Italiener so rösteten).

Ich ging an einem alten Buchladen vorbei, den ich, seit ich in Rom lebte, immer wieder aufsuchte. Sie führten zumeist Bücher mit lumpigen Umschlägen. Ich liebte die gedämpfte Aura dieses Ortes, der Austausch von Licht gegen Erleuchtung. Wie alle kleinen Buchhandlungen, hatte es einen Hauch Nachdenklichkeit und Schlaf an sich. Ich hatte nichts im Kopf, was ich kaufen wollte, sondern blätterte durch ein paar ältere Bücher, Titel und unbekannte Autoren. Schlussendlich ging ich zum Regal mit den neuen Titeln vorne im Laden, zu den mir bekannten Autoren. Und dort, als mein Blick langsam über den Tisch mit der reduzierten Ware wanderte, sah ich eine Ausgabe meines kleinen Lieblings *Nichts als Ärger* unter einer italienischen Enzyklopädie über Kräuter hervorlugen.

Ich nahm es auf, wischte die Staubschicht weg und begutachtete es. Es sah aus, als wäre es oft gelesen worden. Zerfleddert. Das war gut. Ein paar Passagen waren sogar mit Kugelschreiber und Bleistift unterstrichen worden, wo jemand oder mehrere von meinen Worten berührt worden waren. Es war ein Sieg und eine Niederlage im selben Moment. Ich wollte weinen, konnte aber nicht sagen, ob aus Erleichterung oder Trauer.

Ich kaufte das Buch und ging nach Hause. Ich hatte eine Liste im Kopf erstellt – ein Fragment des alten Logans – von den Dingen, die ich jetzt tun musste … als Vorbereitung. Dinge, die in meine

Gedanken getreten waren, welche – so nahe an dem Papst – wie eine Offenbarung schienen. Nachdem ich meine Einkäufe auspackte, legte ich das zerlesene, gut benutzte Buch auf den Stapel, der neben meinem Bett auf dem Boden aufgetürmt war.

Dann ging ich zum Laptop und speicherte all meine Arbeiten, auch alles von *Im Auge der eifersüchtigen Götter* auf einen USB-Stick. Ich hatte aber keine wirklichen Ambitionen, es jemals wieder anzusehen. *Aber gut, wer weiß schon*, dachte ich. Meine Gedankengänge würden vielleicht einmal jemanden inspirieren. Für ein Aha-Erlebnis sorgen. Ich steckte den Stick in meine Tasche und bevor ich den Laptop herunterfuhr, sah ich die lästige Maschine noch einmal an. Ich strich über die Stelle, an der einmal die U-Taste gewesen war.

„Zeit zu gehen", sagte ich und ich schloss den Laptop.

Ich rief Janey an und erwischte sie gerade, als sie zu einer Eltern-Lehrer Konferenz an der Schule gehen wollte. „Ich habe beschlossen, noch eine Weile zu bleiben."

„Wie viel länger?" Sie klang enttäuscht, auch wenn die Zeit, wo wir voneinander getrennt waren, uns beiden gutgetan hatte.

„Unbestimmt. Ich weiß es nicht." Ich sah in den Garten hinaus, während wir sprachen. Ich war dabei eine Party zu planen. Ich würde den Garten endlich nutzen, *im* Garten sein. Nicht mehr nur hinausschauen. „Du solltest mein Zimmer vermieten. Ein wenig mehr Geld verdienen."

Sie lachte. „Wem sollte ich es vermieten?"

„An einen der Zeugen oder der Mormonen, die du immer wieder vom rechten Pfad abgebracht hast, Schlange."

„Ja. Ich kann mir vorstellen, dass ihre Kameraden gerade nicht allzu begeistert von ihnen sind." Ich hörte, wie sie ins Auto stieg und den Motor anwarf. „Also, bleibst du wegen eines Mannes in Italien? Kein Mann ist das wert."

„Überhaupt nicht. Ich halte mich für Brock frei. Diesem feinen Kerl. Irgendwann, eher bald, werde ich nach Adbury zurückkommen und um ihn kämpfen, so wie ich es schon vorher hätte tun sollen."

„Sehr romantisch", sagte sie.

„Wie du und dein Feuerwehrmann, was?"

„Daumen sind gedrückt."

Ein Gedanke kam mir. Auch wenn ich noch nicht zurück in die Staaten wollte, vermisste ich meine Freundin. „Janey, warum kommst du nicht her? Bald. Ich werde eine Party geben. Ich würde dich gerne hier haben, auf meine Kosten."

„Was?"

„Ich vermisse dich, Mädchen."

Sie schwieg kurz. Janey kamen die Tränen. „Halt die Klappe." *Schnief.* „Wir werden später darüber reden. Du bringst mich noch vom Weg ab… oder lässt mich in einen Mormonen laufen."

„Denk darüber nach." Damit legte ich auf.

Ich rief als nächstes mein Verlagshaus an, Hillside. Genauer gesagt rief ich Miss Frances Barlow, die Königin selbst, an, aber sie war gerade in einem Meeting.

„Wollen Sie ihr eine Nachricht hinterlassen, Mr. Brandish?", fragte ihr höflicher Sekretär. „Sie hat schon eine ganze Weile auf Sie gewartet."

„Ich weiß. Und das tut mir sehr leid. Aber sagen Sie Miss Barlow, dass sie sich nicht mehr darum sorgen muss."

„Oh, gut." So wie es klang und so wie er ausatmete, nahm ich an, dass Miss Barlow ihren Frust an ihm ausgelassen hatte.

„Sagen Sie ihr, dass das Buch ein No-Go ist. Ich habe beschlossen, dass es weder meine Zeit wert ist, es zu schreiben, noch ihre Zeit, es zu lesen."

„Mr. Brandish?" Wenn eine Stimme eine Farbe haben könnte, wäre seine gerade völlig erbleicht.

„Wenn sie mich braucht, werde ich da sein. Vielleicht können wir zukünftig über etwas reden, aber im Falle dieser Arbeit bin ich fertig."

„Mr. Brandish! Bitte. Sie raucht. Qualmt wie ein Kraftwerk. Ich habe Asthma, Mr. Brandish. Denken Sie an mich!"

„Tut mir leid. Einen schönen Tag noch."

Ich griff mir den Laptop, diese Quelle von jahrelanger Gemeinschaft und völliger Verärgerung und wanderte durch die

Straßen von Rom, bis der Himmel sich verdunkelte. Es war ein alberner Trauermarsch mit dem Verstorbenen – oder Verurteilten – an meiner Seite. Ich stand für eine Weile am Tiber und verbot mir jeglichen Zweifel an meinen Motiven. Ich hatte eine Entscheidung getroffen und diese verdammten Zweifel hingen mir zum Hals heraus. Ich stand einfach da und sah zu, wie die Welt in Schatten versank.

Mit aller Kraft warf ich den Laptop wie einen Diskus in den Fluss. Ein kleines bisschen Reue kam hoch, aber ich verdrängte es und konnte dann das Platschen in der Ferne genießen. Ich stellte mir vor, wie der Laptop langsam in eine Million Teile zerfiel und jeder Zweifel ausgelöscht oder von großen, römischen Fischen gefressen wurde.

Die Erleichterung, so herrlich sie auch war, hielt nicht lange an. Zwei italienische Polizisten, die nur wenige Meter entfernt gewesen waren, hatten mein Wegwerfen bemerkt und begannen mich anzubrüllen. Sie deuteten mir stehenzubleiben, als sie auf mich zukamen. Ich tat natürlich das einzige, was man als verantwortungsbewusster Amerikaner in so einer Situation tun konnte. Ich rannte. Ich rannte mir den Hintern ab. Und ich war ein ausgefuchster kleiner Amerikaner. Sie jagten mir für eine kurze Zeit nach und stießen Flüche aus, die ich schon kennengelernt hatte, während ich Obszönitäten ausstieß, mit denen ich aufgewachsen war. Ich konnte nicht anders als zu grinsen. Es war mein Gelächter, was mich wohl richtig in Schwierigkeiten gebracht hätte, wenn sie mich ernsthaft verfolgt hätten. Ich tauchte in einer Seitengasse unter und schüttelte sie ab. Mit der Hand über dem Mund, um mich ruhig zu halten, beobachtete ich sie, als sie vorbei gingen, die Schultern zuckten und zum Fluss zurückkehrten.

Ich war ein Flüchtiger. Ein Verbrecher. Ich war ein verdammt böser Junge und Gesetze, Regeln, Listen und Routinen kümmerten mich nicht mehr. Brock wäre stolz auf mich gewesen.

# 12

JEDER HAT diese Filme gesehen, in denen die Liebe siegt. In denen sie über jede lächerliche Hürde und Barriere triumphiert. In denen der Herzschmerz, die Tränen, die Wut, die beißenden Vorwürfe von einem kleinen Kuss und einem Schwung der Kamera gereinigt werden. In denen das Orchester mit einem gewaltigen Streicher- und Trompetenaufgebot spielt. Die Zuschauer werden manipuliert und denken, dass so etwas passieren *kann*. Dass alles so ordentlich geklärt werden *kann*. Wir, als Zuschauer, werden aber nicht aufgefordert darüber nachzudenken, was nach dem Ende geschieht. Das Klischee des Zynikers: Was passiert nach dem „Und sie lebten glücklich bis ans Ende ihrer Tage". Ohne zu fragen wissen wir es ohnehin.

Nachdem eine Geschichte endet, nachdem der Nachspann gelaufen ist, nachdem man ein Buch nach den letzten Worten geschlossen hat wird es Erklärungen geben. Eine verdammte Menge an Erklärungen.

*Mit wem hast du geschlafen und warum? War es, um über mich hinweg zu kommen? Musstest du all diese Kerle vögeln, um mich zu vergessen? Was hat dich so lange aufgehalten?* Und wenn du die Antworten auf diese Fragen nicht kennst, war die Geschichte es dann überhaupt wert?

Seid jetzt dabei. Seid jetzt dabei, Schätzchen.

Der Flughafen brummte vor Aktivität. Aktivität mit Akzent, zumindest in meinen Ohren. Ich wartete auf Janey. Es war etwas mehr als eine Woche seit unserem Gespräch vergangen, in dem ich sie überzeugt hatte, dass sie zu meiner Feier kommen sollte. Es hatte erst wie eine sehr weit hergeholte Idee geklungen, aber sie hatte sich schlussendlich dazu durchgerungen. Sie musste aus Adbury raus, das wussten wir beide. Mit ihr und dem Feuerwehrmann ging es gut voran, wenn auch im Schneckentempo. Die Historical Society hatte zuletzt alles ignoriert, was sie vorgeschlagen und wogegen sie sich ausgesprochen hatte. Eine Woche in Rom würde ihr guttun. Ich war schon gespannt darauf sie zu sehen.

„Du brauchst mich nicht abzuholen. Ich werde mir ein Taxi besorgen. Die sprechen alle amerikanisches Englisch, richtig?"

Ich hatte keine Ahnung, was das bedeuten sollte, aber ich war mehr als glücklich sie schon am Flughafen zu sehen.

Sie erblickte mich, bevor ich sie sah und ihr Quietschen brachte viele müde Reisende auf ihre Füße. Wir umarmten uns und sie rubbelte mir über den Kopf. „Wuschelkopf. Ich habe dir etwas von Zuhause mitgebracht."

„Was? Was hast du mir mitgebracht?"

Aber ich sah ihr großzügiges Geschenk bereits, als ich sie fragte. Brock stand da, mit seiner Tasche, wie ein Soldat. Wunderschöner Brock. Ein warmes Zittern breitete sich in meinem Körper aus.

„Ich habe ihn vor der Haustür gefunden", sagte Janey. „Hat wie ein verlorenes Hündchen ausgesehen."

„Als sie beschlossen hat hierher zu kommen", sagte Brock, „hat sie darauf bestanden, mich gleich mitzunehmen. Ich mochte die Idee."

Er war so attraktiv wie zuvor, wenn auch nicht auf die exakt selbe Weise. Sein Lächeln war eine Spur dunkler und melancholischer. Es war authentischer als zuvor. Mein Herz wollte in Applaus ausbrechen.

„Ich habe dich vermisst." Er schlang seine Arme um mich und wir hielten für eine Zeit lang still. Ich nahm seinen Geruch auf und schmiegte mich an seinen Hals. Vielleicht war das etwas zu liebevoll für einen Flughafen… aber alle anderen hätten zur Hölle fahren können.

Wir fanden ein Taxi, das uns zurück zu meinem Haus fahren würde. Wir drei passten gut auf die Rückbank, mit mir in der Mitte. Nur dieses Mal machte mir die Abwesenheit von Privatsphäre nichts aus. Janey fragte mich über mein Leben in Rom aus – und es schien nun wirklich ein Leben zu sein, nicht nur eine Reise. Sämtliche Pläne für weitere Reisen durch Europa waren verworfen worden. Sie hörte mir zu, während ich meine Masche als Amateurführer zum Besten gab. Ich hörte nicht viel von Brock. Nur ein gelegentliches Atmen, was allerdings eher wie ein erleichtertes Seufzen klang. Die Sorte Seufzen, die man ausstößt, bevor man in Freudentränen ausbricht. Während ich Janey den Unterschied zwischen Gelato und Eiscreme erklärte, fühlte ich, wie Brocks Finger vorsichtig meine umschlossen. Wir hielten den Rest der Fahrt über Händchen.

Auch wenn Janey fand, dass meine neue Bleibe ganz charmant war, war sie wohl doch etwas zu bodenständig für ihren Geschmack. Das war keine Überraschung. Janey war zwar dafür historische Bauten zu erhalten, wollte allerdings selbst nicht in einer wohnen. Brock würde bei mir bleiben, aber Janey beschloss, dass sie sich ein Hotelzimmer suchen würde. Das war die beste Lösung für alle von uns, aus mehr als einem offensichtlichen Grund. Cassie und Vera besorgten ihr ein Zimmer nahe ihres eigenen großzügigen Quartiers und nachdem das erledigt war, gingen Brock, Janey und ich auf Sightseeingtour.

Wir gingen zum Pantheon. Janey ließ Brock und mich für eine Weile alleine, während sie um das architektonische Meisterwerk herumging, Fotos mit ihrer neuen Kamera schoss und die Läden nach Souvenirs und Geschenken abklapperte. Brock stand in der Mitte des Pantheons und starrte nach oben, durch die große Öffnung in der Decke. Ein fehlerhaftes architektonisches Meisterwerk, welches nach Jahrhunderten noch immer stand; ein Überlebender von Kriegen, Göttern und Geschmäckern.

Er musste bemerkt haben, dass ich ihn studierte, so wie er das Loch in der Decke betrachtete. Aber wie hätte ich anders können? Mein Blick klebte einmal mehr am schönsten Mann, den ich je kennengelernt hatte. Es war Schönheit jenseits der physischen Ebene. Das wusste ich jetzt. Innen drin war er ein Verwundeter. Das, zusammen mit dieser chemischen Reaktion, die dafür sorgte, dass eine Person eine andere so stark liebte, machte mich in diesem Moment einfach nur glücklich. Es reichte mir, ihn einfach nur anzusehen und scherte mich nicht mehr wirklich um das Pantheon.

„Frances ist ziemlich sauer auf dich", sagte er, den Blick noch immer nach oben gerichtet, während das Licht ihn sanft streichelte. „Sie hatte einen Tobsuchtsanfall, als ihr gesagt wurde, dass du nicht vorhast, das Buch fertig zu schreiben. Ihr armer Sekretär hat sich über eine Stunde in der Toilette eingesperrt, um ihr zu entkommen."

„Ich kann mir vorstellen, dass sie den bisherigen Fortschritt zurück will."

„Nein. Ich denke nicht, dass du schon vor ihr Ruhe hast. Sie will ein Buch und sie liebt deinen Stil."

„Tut sie nicht. Sie scheint ihn kaum zu tolerieren."

Er gab mir einen durchtriebenen Blick. „Sie *liebt* deinen Stil. Was auch immer sie dir sonst erzählt hat ist eine glatte Lüge."

Sein Gesicht verlor jegliche Emotion. Oder eher jegliche definierende Linie. Die Haut wurde glatt wie Marmor und gab ihm einen ziemlich schwermütigen Ausdruck.

„Dad ist gestorben."

„Mein Beileid."

„Weißt du …" Er zögerte, versuchte die richtigen Worte für etwas zu finden, was er nicht wirklich ausdrücken konnte. „Ich will nicht, dass du denkst, ich wäre ein Heuchler."

„Ich verstehe nicht."

„All mein Gerede davon, dich aus deiner Box zu ziehen. Ich will nicht, dass du denkst, ich hätte selbst nicht erkannt, dass ich in meiner kleinen Box lebe. Aber ich habe versucht aus ihr zu entkommen. Das war der Grund, warum ich dich an diesem Wochenende in die Hütte eingeladen hatte. Ich wollte etwas Neues beginnen."

„Aber?"

„Aber dann … bin ich wieder in meine alten Gewohnheiten zurückgefallen. Ich habe meinen Dad gesehen, wie Mum sich um ihn gekümmert hat. Ich fühlte diese Schuld. Ich wollte nie für jemandes Glück verantwortlich sein. Ich dachte einfach, dass ich es nicht draufhätte."

„Ich würde niemals von dir verlangen für mein Glück verantwortlich zu sein."

„Aber das bräuchtest du nicht. Ich weiß, dass ich dich nach diesem Wochenende verletzt habe. Ich weiß, dass dieses Ausweichen, dir zu sagen, wie schön es mit dir war, dich verletzt hat. Und das tut mir leid." Seine Augen waren wässrig geworden und seine Stimme brach. „Weil ich mich in dieser Nacht in dich verliebt habe. Ich meine, ich war wohl schon davor in dich verliebt, aber diese Nacht hatte es besiegelt."

Wir gingen an den Wänden des Pantheons entlang, auf der Suche nach etwas mehr Privatsphäre. Ich wollte springen und schreien und „Yee-haw!" brüllen.

„Als ich gehört habe, dass du gegangen bist, war ich ein Zombie", fuhr er fort. „Ich war für Tage auf Autopilot. Erst, als Dad gestorben ist, bin ich wieder aus dieser Starre erwacht. Die Totenwache wurde in der Hütte gehalten. Ich habe versucht mit meiner Familie zu trauern, aber …" Er zuckte die Schultern und sah zu Boden. „Ich habe mich dabei erwischt, wie ich an dich dachte und wie ich mir wünschte, dass du bei mir wärst. Als ich am nächsten Morgen aufgestanden bin, hatte ich beschlossen im See schwimmen zu gehen. Ich hatte es einfach beschlossen. Ohne jeglichen Grund. Ich bin am Dock entlang gegangen, habe meine Boxershorts ausgezogen und bin hineingetaucht." Er lachte. „Das Wasser war eiskalt und ich wäre fast wieder ertrunken."

„Oh mein Gott!"

„Da war niemand, der mir dieses Mal geholfen hätte. Und ehrlich gesagt, hatte ich die Idee einfach zu … *sinken*. Aber dann dachte ich an dich. An dein Buch. An unser erstes Treffen. An alles, was du dir bestellt hattest bei unserem ersten Treffen. Und irgendwie schaffte ich es wieder hinauf und auf das Dock. Die Sonne war gerade aufgegangen und ich lag da, auf meinem Rücken, völlig außer Atem. Und ich habe gelächelt. Ich habe an dich gedacht und gelächelt. Das war letzte Woche. Ich habe Janey angerufen und sie hat mir erzählt, dass sie hierher zu dir kommen würde. Ich musste einfach mitkommen."

„Du bist mir um die Welt gefolgt?" Der Gedanke brachte mich etwas aus dem Konzept.

Er sah einmal mehr zum Loch in der Decke des Pantheons hinauf. „Ich denke, dass jedes Haus so ein Loch in der Decke braucht. Was meinst du? Das wäre doch eine geniale Idee. Damit man sich nicht so gebunden fühlt."

Ich lehnte meinen Kopf an seine Schulter, wenn auch nur für ein paar Sekunden. Wir sahen gemeinsam zum Licht hinauf.

In dieser Nacht, nachdem wir Janey zu ihrem Hotelzimmer gebracht hatten, schliefen Brock und ich miteinander. Es war das erste Mal, dass ich das wirklich so sagen konnte. Natürlich gab es zuvor Liebe. Nur war es diesmal auch wirklich so benannt. Es war zärtlich und brauchte Zeit. Als wäre … als wäre diese Liebe eine große Decke, die wir langsam ausbreiteten, während wir jeden Stich und jeden Faden bewunderten. Jedes eindrucksvolle und einzigartige Muster. Wir wärmten uns, eng darin eingewickelt.


AM NÄCHSTEN Morgen war ich wieder am Flughafen, da ich auf Lucille wartete. Wie oft ich schon auf meine Mutter gewartet hatte, als ich noch klein gewesen war; nach der Schule, im Laden, nach einem Film. Genervt, rastlos, wartend und darauf hoffend, dass sie mich nicht vergessen hatte oder dass ich nicht, schon wieder, eine Telefonzelle finden und daheim anrufen müsste. Und manchmal rief ich immer und immer wieder an, alle paar Minuten, weil sie einfach noch nicht da war, um den Anruf entgegen zu nehmen oder weil sie zu diesem oder jenen Geschäft gegangen war. Ich war schon einige Male zurückgelaufen und hatte das Haus nach mehreren Stunden endlich erreicht. Die Überraschung und Schuld auf ihrem Gesicht machten es mir unmöglich, meine sorgfältig geplante Schimpftirade von mir zu geben – all diese Schimpfworte und Entrüstung, die ich mit jedem Schritt nach Hause aufgebaut hatte.

Aber jetzt, am Flughafen, wartete ich voller Vorfreude auf sie. Und ich war mir sicher, dass sie zum ersten Mal auftauchen würde. Ich hatte immerhin ihre Reise bezahlt und Lucille wollte nicht ihre

Chance verpassen, Italien kennen zu lernen. Sie war so aufgeregt darüber gewesen, dass ich sie angerufen und eingeladen hatte, dass sie komplett vergessen hatte, dass sie gerade am Bügeln gewesen war. So hatte sie ein Loch in ihre Lieblingsbluse gebrannt.

„Ach, verdammt", hatte sie gesagt. „Na gut, dann kaufe ich mir eben eine neue. *In Italien!*" Dann hatte sie gequietscht und gequietscht. Ich hatte gelacht.

Brock wartete mit mir am Flughafen. Er schien sich nicht viel aus Sightseeing zu machen – nun, er war schon einmal in Rom gewesen, was wohl seine mangelnde Begeisterung als Tourist erklärte. Er war völlig zufrieden damit, mir zu folgen und das zu tun, was ich tat. Auch wenn es bedeutete den Fremdenführer für Lucille und Janey zu spielen. Ich war nie glücklicher gewesen.

Wir saßen an einem Tisch im Flughafencafé. Jeder wartet heutzutage auf seine Lieben. Wir warten alle. Bomben und Vertrauensangelegenheiten. Familien und Terroristen. Brock grinste und deutete über meine Schulter. „Da liest gerade eine Frau dein neuestes Buch. Am Tisch dort drüben."

„Oh Gott." Ich wand mich. Ich wollte es selbst sehen, aber konnte nicht. „Genießt sie es?"

„Schwer zu sagen. Sieh selbst nach."

„Ich kann nicht." Aber die Neugier stieß mir so lange gegen die Schulter, bis ich mich ihr zuwandte.

Eine Frau in ihren späten Dreißigern, Afroamerikanerin, durchschnittlich gebaut, im Stil des Sechziger Chics gekleidet, näherte sich gerade dem Ende meines Buches, *Nichts als Ärger*. Sie hielt es am Rücken, über ihren übereinandergeschlagenen Beinen. Sie sah nicht auf, sie wurde durch nichts um sie herum abgelenkt. Ein gutes Zeichen. Das bedeutet zumindest, dass meine Worte ihr Interesse einfingen. Aber ob sie es nun genoss oder nicht, konnte ich nicht mit Sicherheit sagen. Ich wurde immer angespannter, während ich sie beobachtete. Als wäre ich für einen Preis nominiert und sie wäre gerade dabei, den Gewinner zu verkünden. Mein Magen begann zu rumoren.

Ich sah ihr für einige Minuten zu und ich hoffte, dass sie lächeln würde. „Ich habe eine Komödie geschrieben, richtig?", sagte ich zu Brock.

War das eine bissige Rezension, die gerade entstand? Ein enttäuschter Stapel Sätze, über die ich eines Tages auf Goodreads oder Amazon stolpern würde? Würde ich nun ihr Gesicht mit jeder schlechten Rezension verbinden, egal ob sie diese geschrieben hatte oder nicht?

Aber dann, zu meiner großen Erleichterung, lächelte sie. Und es war nicht nur irgendein Lächeln. Es war wundervoll und strahlend. Es war Gott, der aus seiner Höhe herablächelte. Sie nickte anerkennend, ehe sie das Buch fast zögerlich schloss und das Seufzen eines Lesers seufzte. Dieses wundervolle Ein- und Ausatmen, welches einem Buch folgte, das einen auf irgendeine Weise berührt hatte. Erfüllung. Innerer Frieden.

Ich drehte mich zu Brock zurück und fühlte mich völlig unerwartet wieder wie ein Autor.

„Sie mochte es", sagte er.

„Scheint so", gab ich zurück.

Und dann, als würden meine inneren Jubelrufe laut werden, hörte ich das laute Quietschen meiner Mutter, Lucille, als sie vom Terminal kam und mich erblickte. Ihre Arme waren weit nach oben gereckt und mit vielen Armreifen geschmückt, ihr Haar (auch nach dem stundenlangen Flug noch immer wie frisch vom Frisör, wohl sehr zum Ärger vieler anderer, wie ich mir vorstellen konnte) saß wie ein gehorsames Hündchen und ihr Outfit entsprach dem „Event", welches ein Flug für sie darstellte. Nicht förmlich, aber auch nicht lässig.

„Man sollte, wenn man im Flugzeug sitzt, immer gut aussehen", hatte sie mir vor langer Zeit gesagt. „Du steigst nicht in irgendeinen dreckigen Bus zum Shoppen. Du *gehst* wo hin! Als ich noch ein junges Ding war, in den Hügeln aufgewachsen, war so ein Flug mit einer Achterbahnfahrt im Vergnügungspark zu vergleichen."

Sie hüllte mich in ihr Parfüm ein, bedeckte mich mit Küsschen und tat dann dasselbe bei Brock. „Ich bin so aufgeregt, ich bin so verdammt aufgeregt! Seid ihr nicht aufgeregt? Ich habe dem Mann neben mir im Flugzeug ständig gesagt, wie aufgeregt ich bin. Zeigt mir alles!"

„Werden wir", versprach ich. „Aber lass uns dich erst zum Hotel bringen, okay? Ich habe dir ein Zimmer besorgt ..."

„Das wäre nicht notwendig gewesen!"

„Im Hyatt."

„Aber ich bin froh, dass du es getan hast!" Sie hakte sich bei uns unter und hielt die Nase hoch. „Kommt, Jungs, holt mein Gepäck."

Wir hatten ganz schöne Schwierigkeiten mit ihrem Tempo mitzuhalten.


FÜR MEINE Party, mein kleines Zusammentreffen, mein Vermischen von Vergangenheit, Gegenwart und erhoffter Zukunft, war das Wetter perfekt. Eine leichte Kühle lag in der Luft, wie ich es erwartet hatte, aber alle hatten sich passend angezogen. Guter Wein und Konversation taten den Rest. Die Türen zum Garten, welchen ich zu diesem Zeitpunkt als ein weiteres Zimmer ansah, standen weit offen, um einen freien Fluss von Gästen und Musik zu erlauben. Weiße Weihnachtslichter waren über den Bäumen und Büschen drapiert und die Musik spielte ständig im Hintergrund. Roberto, der ein Händchen dafür hatte, die neuesten und heißesten Titel auszuwählen, da er in einem Club arbeitete, hatte einen CD-Player und eine große Auswahl an Musik mitgenommen. Jeder versuchte sich als DJ.

Das Essen wurde als Buffet serviert. Es gab nicht genug Platz im Garten, um einen Tisch für uns alle aufzustellen – für die sonderbare Versammlung und Gäste. Und es war ziemlich gutes Essen. Viel besser, als es jeder erwartet, aber niemand zugegeben hätte. Alles war von Gios Mutter Anna gemacht worden, einer Italienerin, die in den Staaten lebte und arbeitete, aber zurück nach Rom gekommen war, um den Urlaub mit ihrer Familie zu verbringen.

Die Feuerstelle unterhalb der Stufen diente als das Herz der Party. Gelächter kam von dort, den ganzen Abend lang, so hell und glühend als würde jemand immer wieder Holz in die Flammen werfen. Ich stellte Janey, Brock und Lucille den Rest meiner Bande aus Heiden und Hetzern vor. Meine Götzendiener und Ehebrecher. Sie passten gleich zusammen. Curtis, der fast wie sein altes Selbst in Khakihosen (aber mit einer violetten Schärpe statt eines Gürtels) auftauchte, zog mich beiseite, nachdem er Brock getroffen hatte.

„Sehr nett." Dann nickte er in Richtung von Marco und Roberto. „Und wie ich sehe, hast du mir Geschenke mitgebracht." Seine Augen schimmerten noch, obwohl der Himmel sich schon verdunkelte. Wir waren, wo wir sein sollten. Wir waren Freunde.

Janey befand diesen Wechsel in unserem Status als gut. „Er ist nicht mehr langweilig", stellte sie überrascht fest, während sie aus einem von Annas Kristallgläsern trank. „Schau ihn dir an. Wer hätte geahnt, dass er nur von dir hatte wegkommen müssen?"

Ich nannte sie eine Schlampe und sie stimmte zu.

Curtis hatte sich Roberto gegenüber schnell erwärmt. Roberto, in seinen Lederriemen, die symbolisch für ein Shirt standen und einer kleinen Shorts, bestimmte die Musik, während er mit Curtis flirtete. Er spielte mit Curtis' Haaren, als wäre der Chorsänger-Schnitt das Niedlichste, was er je gesehen hatte. Und glücklicherweise beherrschte Curtis ein wenig italienisch, also konnten sie sich zumindest ein bisschen unterhalten.

Lucille war, zusammen mit Cassie und Vera, der Hit. Sie zeigten ihr sofort all diese exzentrischen Verhaltensweisen, die sie beherrschten. Sie war nur zu begierig auf den Unterricht. Bald schon lachte sie mit ihnen, laut und kehlig, ihr leichtes Näseln so offensichtlich unverfroren wie ihre goldenen Reifen-Ohrringe. Sie hatte viel mehr Spaß als sie in Adbury jemals gehabt hatte, soweit ich mich erinnern konnte. Es würde die Hölle sein, sie zurück in ein Flugzeug in die Staaten zu bekommen. Sie würden das Militär verständigen müssen, davon war ich überzeugt.

Da waren noch ein paar andere der sonderbaren Versammlung. Die abweichenden und künstlerischen Teufel, die ich in Rom getroffen hatte. Veronica erschien, sarkastisch und im Gothic-Stil wie immer, eine Nachahmung von Dorothy Parker über Louise Brooks. Ich konnte selbst zu diesem Zeitpunkt garantieren, dass sie einmal einen Charakter in einem zukünftigen Schreibunterfangen inspirieren würde. Der süße, schüchterne Gio, unter dem milden Blick seiner strengen Mutter Anna, probierte einmal mehr Marco zu umwerben. Und sogar Bradley Homlick, selbsthassend und selbstverliebt wie immer, hatte meine Einladung akzeptiert und erschien in einem rot-weißen Kimono. Zuerst war er eher abweisend („Ich war nur in der Gegend. Nur in der Gegend und dachte mir, ich könnte vorbeikommen."), aber als er erst einmal vom gefürchteten Quartett, bestehend aus Vera, Cassie, Lucille und Veronica, umringt war, kicherte er bald schmutzige Witze in jedes Ohr, welches zuhören wollte. Und er dankte mir sogar für die Einladung, was ich nicht erwartet hätte.

„Ich würde gerne einen Toast ausbringen", sagte ich im späteren Verlauf des Abends, als die Party in vollem Gange war. Roberto drehte die Musik leiser und alle tuschelten und versammelten sich am Lagerfeuer. „Ich dachte, als ich hier in Europa – in Österreich – ankam, dass ich einen großen Fehler gemacht hätte. Ich war hierher gerannt, um gewissen... Dingen zu entkommen." Ich zwinkerte Brock zu. „Ich weiß jetzt, dass ich nicht hätte fortlaufen sollen. Das war nicht die Antwort. Aber zu diesem Zeitpunkt fühlte es sich richtig an. Mein Schreiben verlief ins Leere. Dort ist es unglücklicherweise noch immer." Gelächter von der Gruppe. „Aber wenn ich nicht hergekommen wäre... In Österreich habe ich zwei wundervolle Damen kennengelernt."

„Das sind wir." Vera und Cassie standen zusammmen, Cassies Arm über Veras Schultern.

„Ja, das seid ihr. Und ihr habt mich anderen vorgestellt, die wie ihr sind. Wundervolle Künstler, dreckige Sexteufel und alte Freunde, die ich noch nicht getroffen hatte. Ich begreife jetzt, dass ich bis vor kurzem nicht wirklich gelebt habe. Ich hatte nie etwas gewagt im Leben. Ich war in einer Schachtel. Ich war kontrolliert."

Ich sah eine Träne auf Lucilles Gesicht schimmern und erst dann begriff ich, dass auch ich weinte.

Ich fuhr fort. „Ich war einsam. Ich hatte Angst davor, das loszulassen, was mein Leben und mich geformt hatte. Aber als ich das endlich getan hatte, seid ihr alle da gewesen. Jeder einzelne von euch. Also danke ich euch. Ich liebe euch. Cheers!"

„Cheers!", stimmten alle ein.

Wir hatten kaum Zeit zu trinken, als eine Stimme von den offenen Türen her schallte. „Mr. Brandish!"

Dort, in ihren riesigen Pantoffeln und so streng wie ich sie in Erinnerung hatte, stand Miss Frances Barlow.

„Wer hat die denn eingeladen?", witzelte Brock.

Ich konnte meine Überraschung nicht verbergen. Ich ging zur Tür hinüber. „Miss Barlow", sagte ich mit leicht geschocktem Gelächter in der Stimme. „Wollen Sie nicht mitfeiern?"

„Nein, will ich *nicht*. Ich bin nur gekommen, um das zu holen, was mir zusteht. Ihr Buch." Ihre Augen fixierten mich.

„Miss Barlow", versuchte ich es in einem beschwichtigenden und nicht herablassenden Ton, „ich habe Ihnen doch gesagt, dass das nichts wird. Das Buch geht nirgendwo hin. Das können Sie nicht abstreiten. Sie hatten recht. Die Zombies waren eine dumme Idee. Was tun Sie hier in Italien?"

„Ich habe es Ihnen gerade erzählt. Ich bin hier um Ihr – *mein* Buch zu holen."

„Sie erinnern mich gerade an den Sensenmann."

„Ich werde nicht ohne gehen, Mr. Brandish. Ich bin um den halben Globus gereist für dieses Buch, also ist es besser die Reise wert."

Zu diesem Zeitpunkt hatte ein leises Summen hinter mir angefangen, während meine Gäste kicherten und sich darüber unterhielten, was wohl gerade vor sich ging. Ich versuchte, dieses Gespräch privat zu halten, aber in dieser Gesellschaft war es verständlicherweise ein Ding der Unmöglichkeit.

Brock kam auf mich zu und legte einen Arm um meine Schultern. Ich atmete seinen Geruch ein und war sofort beruhigt. „Hallo, Frances."

„Hallo, Brock." Ihre Augen waren noch immer auf mich gerichtet. „Also? Wo ist es? Holen Sie es, während ich warte."

„Sie sind den ganzen Weg für ein Buch gekommen, das gerade einmal halb fertig ist?"

„Ich nehme Verträge sehr ernst, Mr. Brandish."

„Sie mögen mich", neckte ich. „Sie mögen meinen Stil und Sie mögen mich."

„Ich verstehe nicht, wie das jetzt relevant ist, Mr. Brandish. Ich bin einfach …"

„Geben Sie zu, dass Sie mich mögen, Miss Barlow. Geben Sie es zu."

Sie war vollkommen erstarrt, erschien undurchdringlich. Ich dachte bereits, sie wollte meinen Kopf zum Explodieren bringen und das nur mit ihrem Starren. Endlich atmete sie aus und klatschte müde mit der Zunge. Ihr Gesicht verlor an Strenge. „Ach, um Himmels Willen!", stieß sie aus. „*Ja*. Ich mag Ihren Stil. Er ist sehr unterhaltsam. Warum, denken Sie, hätte ich Sie sonst so angetrieben? Und Sie schulden mir noch immer ein Buch, Mr. Brandish!"

„Also gut." Ich straffte mich und reckte die Brust vor. „Ich werde Ihnen ein Buch schreiben, Miss Barlow. Aber ich habe eine Bedingung."

Ihre strenge Miene kehrte zurück. „Und die wäre?"

„Nennen Sie mich Logan und bleiben Sie auf einen Drink."

„Das sind zwei Bedingungen." Sie sah sich um, besah sich das Spektakel. „Aber keine davon erscheint mir allzu unangenehm."

„Müssen wir einen Vertrag dazu aufsetzen?"

„Nein, Logan. Nicht heute Nacht. Und du kannst mich Frances nennen." Sie ging in Richtung Party.

„Roberto", rief ich, „bring meiner Freundin Franny einen Drink!"

Sie drehte sich mit erhobenem Finger um. „Ich werde dir in die Eier treten, wenn du mich noch einmal Franny nennst."

Gelächter und offene Arme von der Menge. Eine neue Kuriosität wurde der Versammlung vorgestellt.

Brock küsste mich leidenschaftlich und drückte sich an mich. „Also?", fragte er auf eine Weise, die *was nun* implizierte.

„Also", gab ich zurück, „Ich denke, dass das Kapitel Eins ist."

ERIC ARVIN lebt in dem gleichen kleinen verschlafenen Nest in Indiana, in dem er auch aufgewachsen ist. Er verließ das Hanover College mit einem Bachelor in Geschichte und hat für kurze Zeit in Italien und Australien gewohnt. Er hat eine Hirnoperation überstanden und seine eigenen lauten, inneren Dämonen besiegt.

Besuchen Sie seinen Blog unter: http://daventryblue.blogspot.com/.

Von ERIC ARVIN

An einem fremden Ort
Auf den zweiten Blick
Einfache Männer

Veröffentlicht von DREAMSPINNER PRESS
www.dreamspinner-de.com

# AN EINEM
# FREMDEN
# ORT

*Eric Arvin*

Ohne Kleider und ohne Gedächtnis erwacht Joe in einem Gerstenfeld. Er hat keine Ahnung, wie er dorthin gekommen ist, doch ehe er es sich versieht, befindet er sich auf der letzten großen Reise seines Lebens. Ein mysteriöser, faszinierender Fremder, der ihm irgendwie bekannt vorkommt, gibt ihm den Auftrag, Mut zu haben. Und so macht sich Joe zusammen mit seinem Seelenführer Baker auf, durch eine fantastische, wandelbare Landschaft, um sich seiner Vergangenheit zu stellen.

Die Reise ist nicht ohne Herausforderungen. Manchmal ist es schwer für Joe, seine Vergangenheit erneut zu durchleben, aber wenn er Frieden finden will – und den Fremden, zu dem er sich so stark hingezogen fühlt – muss er seinen Weg bis zum Ende gehen, ganz gleich, wie oft er unterwegs in Versuchung gerät, die Suche abzubrechen.

# www.dreamspinner-de.com

# Einfache Männer

## Eric Arvin

Chip Arnold ist ein beliebter Football-Trainer an einem kleinen College mit einem aus der Spur geratenem Privatleben. Er geht gerne mit seinen Kollegen was trinken, kommt mit seinen Spielern gut klar und geht mit den hübschesten Frauen der Stadt aus - er lebt ein Leben, von dem viele heterosexuelle Männer nur träumen können. In letzter Zeit scheint aber keine der Frauen, mit denen er ausgeht, die Leidenschaft in ihm wecken zu können. Bis er den neuen Kaplan des Campus, Foster Lewis, trifft.

Romantische Gefühle für einen anderen Mann sind neu und furchteinflößend für Chip; er kann sich einfach nicht erklären, warum er sich so zu Foster hingezogen fühlt. Er weiß nur, dass diese Anziehung alles übertrifft, was er je zuvor in seinem Leben gefühlt hat. Da er niemand ist, der sich vor einer Herausforderung scheut, entscheidet er sich, diesen neuen Gefühlen eine Chance zu geben. Aber Liebe ist niemals einfach und manchmal ist sie einfach nur ein heilloses Durcheinander.

# www.dreamspinner-de.com